ÁTIMO

Este livro foi premiado pelo Programa de Ação Cultural 2013
(Secretaria de Estado da Cultura), recebendo
a Bolsa de Incentivo à Criação Literária em Prosa

ÁTIMO

KIKO
RIESER

instante

A Louise,
que me ensinou o gosto por fitar os abismos
sem jamais querer saltar

1

Olha para os números feitos a lápis no papel como se procurasse algo além do que acabou de escrever. Por mais que suas anotações se misturem à tinta preta de diversos outros valores que vão do cabeçalho da página até o rodapé, não há possibilidade de confusão visual. Tudo que ela acrescentou de próprio punho à folha tem uma organização rigorosa e compreensível a qualquer um que porventura venha a bater os olhos. Há, inclusive, inegável senso estético no aproveitamento das margens estreitas e dos vãos entre as linhas. Tudo foi feito meticulosamente, e por isso ela chega logo à conclusão, ainda provisória, de que a soma da tarifa não bate. Inspira fartamente, mas o ar desce rápido demais para os pulmões, causando-lhe uma leve tontura, ao contrário do que ela esperava, acalmar-se através da oxigenação do cérebro ou algo do tipo, segundo tinha lido tempos atrás, em alguma revista. Olha mais uma vez para o papel e confirma que os cálculos estão certos, sim, devem estar. Pega a calculadora que, por precaução, já tinha sido posta à sua frente desde que ela se sentou à mesa e despeja um pouco de raiva na máquina, teclando com força excessiva cada dígito, até chegar ao mesmo resultado obtido manualmente. Volta ao papel e soma tudo de cabeça mais uma vez. Contempla a página esperando descobrir a chave do enigma, até as letras e números se tornarem pontos pretos parecidos com insetos e, logo em seguida, borrões indistinguíveis. Fecha os olhos com força e quando os abre volta a enxergar tudo com perfeição. Culpa o sono por um momento, mas sabe que a perda de foco se deve unicamente à sensação de impotência diante do impasse a que chegou. Analisa tudo mais uma vez e se convence: os cálculos estão certos. A tarifa, errada.

Perde a paciência de vez quando liga para a empresa telefônica. Depois de mais de vinte minutos nada promissores, desliga sem cerimônia na cara da atendente, não sem antes xingá-la, com certa alegria rebelde, e um tanto de ingenuidade que percebe logo depois. Afunda o rosto nas mãos, cotovelos sobre a mesa. O ar agora desce para os pulmões como deveria. Levanta-se da cadeira, liga o som no modo aleatório, aumenta ao máximo o volume das primeiras notas de Miles Davis, atravessa a sala e sai para a varanda, abrindo a porta de vidro com força, sem ligar para o estalo forte da esquadria de alumínio. Acende um cigarro e dá uma rápida tragada, como quem busca mudar de assunto em um monólogo. De sua varanda, no quinto andar, dá para ver boa parte do condomínio: a piscina, a churrasqueira, a quadra e o bloco da frente. Ela não se dá conta de que toda a área comum está vazia, o que é atípico até para as dez horas de uma terça-feira. Apesar do sol forte, o tempo está ameno, abrandado pelo vento, mas as crianças, que pela manhã costumam brincar de esconde-esconde por todos os lugares ou jogar bola na quadra, hoje não se reuniram.

Eu fico com o apartamento, disse ao corretor, anos antes. Nunca liguei pra isso, mas essa área de lazer é ótima. Quem sabe eu tomo vergonha na cara e começo a fazer algum exercício?

No entanto, agora não saberia dizer a última vez que utilizou as áreas comuns. No bloco da frente, um homem está sentado no parapeito da janela do apartamento da esquerda do sexto andar, e, enquanto ela dá a terceira tragada, a maior de todas, o homem pula. Ela – que olha talvez para o cigarro, talvez para o nada ou para dentro de si, que é a mesma coisa – não vê o salto, não vê o homem, não vê nada, nem a rala poça de sangue que se forma ao redor do corpo, manchando o pátio branco do salão de festas. Não vê também o porteiro, o zelador e a velha do 94-A, as poucas pessoas que afinal acodem o suicida, depois de ficar intocado no chão durante alguns minutos. Nem mesmo ouve o som da queda, encoberto pelo trompete de Miles Davis. Acaba o cigarro, fumando com prazer até o último milímetro que precede o filtro. Assim que deposita a bituca no cinzeiro já parcialmente cheio, saca o maço do bolso e vai acender outro cigarro, quando, num impulso, retorna o cigarro ao maço e o maço ao bolso e o bolso, junto com ela, à sala e, da sala, ao quarto. Ainda não abriu a janela, nem arrumou a cama, e pensa que se deitar de novo poderá fingir que o dia não começou. Tira a roupa e se deita, nua, como costuma dormir, aconchegando-se no edredom grosso e macio, mas logo constata que não sente sono, que os dois primeiros cigarros do dia foram acompanhados de café e que tentar dormir seria uma luta vã. Veste-se novamente, caminha em direção à sala, abre a porta que dá para o hall, chama o elevador e, enquanto espera, retira o lixo da cozinha e joga na lixeira comunitária do andar. O elevador demora, e ela, mesmo sem saber aonde ir, decide descer pela escada.

Atinge o térreo quando a ambulância acaba de chegar para tentar reverter o irreversível. Para sair de lá, é inevitável passar pela portaria e pela multidão, e agora não há mais como não notar que algo aconteceu. Pensa em se aproximar. A cautela a impede. Não quer ser tomada por uma dessas fofoqueiras que se aglomeram como abutres em torno dos acidentados, nem arriscar, conhecendo seu estômago fraco, a se impressionar com a visão, seja lá do que for. Está quase atravessando o portão quando não se contém e direciona a cabeça para dentro da guarita, em busca de informações, encontrando-a vazia. O zelador volta correndo para abrir o portão.

Seu João, o que aconteceu?

O seu Cássio, do 63-A, parece que ele se jogou lá de cima.

Que horror, ela diz automaticamente. Ele..., diz sem completar, após uma pausa.

Os médicos acabaram de ensacar o corpo.

Que horror!

É... Um horror!

Ela sai do condomínio ainda mais sem rumo que antes, embora suas pernas tenham tomado a decisão de virar para a direita, possível hábito dos destros. Bom dia, ela ouve de uma voz próxima. Olha para o lado e reconhece, vindo no sentido contrário, a vizinha gorda que sempre encontra no elevador, levando os cachorros para passear. Responde por reflexo ao cumprimento e vai dizer algo sobre o que acabou de acontecer, mas a vizinha e seus cachorros já passaram. Logo também ficarão sabendo do incidente e talvez o cheiro de sangue atice os cachorros, ela pensa. Mas já o ensacaram, ela se lembra de ouvir o zelador dizer. O corpo já deve estar na ambulância. E ambulância leva corpo?

Talvez tenham chamado o rabecão. Está na frente da padaria da esquina. Entra e senta-se no terraço, o mais próximo possível da rua. Chama a atendente.

Por favor, um café, ela pede por inércia, antes de lhe ocorrer que precisa relaxar e que esse seria o terceiro café da manhã. Cancela o café. Tem chá de camomila? Me vê um, por favor.

Está ajeitando a cadeira quando ouve a voz grave de outro cliente, dentro do estabelecimento, chamar um nome.

Luciana, ele diz. A atendente vai até o homem. Ambos sorriem, e ele fala qualquer coisa que ela escreve no mesmo bloquinho em que registrou, num garrancho quase ilegível, o chá de camomila. Em seguida faz alguma piada da qual a moça ri antes de sair, rumo à cozinha. Do terraço, ela observa a funcionária, mais alta que os colegas, pele clara, cabelos negros e ondulados, lábios carnudos e nariz ligeiramente adunco. Não é particularmente feia ou bonita, e, apesar das feições comuns, tem certeza de que a reconhece. Não lembra se a moça trabalha ali desde que começou a frequentar o local, mas já viu a garçonete dezenas de vezes. Até agora, não sabia seu nome. Luciana. Também desconhece como se chamam os outros funcionários desse e de todos os estabelecimentos que frequenta. Sente inveja do homem de voz grave, embora saiba que a responsabilidade por esse desconhecimento é inteiramente sua. É provável que já tenha ouvido mais de uma vez, sem pôr reparo, Luciana ser chamada pelo nome. Também nunca teve a curiosidade de perguntar. Se não fosse uma rápida olhada para os colegas de Luciana, não saberia dizer se os moços e moças que trabalham ali portam crachás de identificação. Promete sanar, ainda que parcialmente, essa falha a partir de hoje, se não perguntando nomes de pessoas com quem mantém relação tão fugaz, ao menos tentando memorizar sempre que uma delas for chamada nominalmente.

Crê que esse descaso seja fruto de sua corriqueira distração, e então repara que o trecho da rua em que está parece mais vazio que de costume, talvez por causa da aglomeração que se formou na frente do prédio. Com atenção, é possível ouvir uma sirene ao longe, distanciando-se. O estômago ronca e ela cogita pedir um sanduíche. Foda-se o regime, diz para si mesma. Deseja hambúrguer. Queijo. Bacon. Ainda faltam vinte minutos para o meio-dia quando ela decide fazer o pedido, antes mesmo de o chá chegar.

Luciana, por favor, um x-bacon.

2

Ao meio-dia e quarenta, ela entra novamente em seu prédio. O térreo, já vazio, ainda guarda para ela a imagem anterior, constituída apenas por índices do acontecimento principal, sem a visão concreta do corpo sem vida, que, no entanto, se completa em sua cabeça e será a partir de então sempre associada àquele pátio.

Às duas da tarde, já pôs sua vida em ordem. Os onze reais e sessenta e três centavos excedentes da conta de telefone acabaram sendo pagos. Deseja por um instante que o suicida fosse um dirigente da empresa telefônica. É ele, sem rosto e com apenas um nome, que toma todos os seus pensamentos e faz seu olhar flanar pelas paredes do apartamento, até encontrar os post-its afixados atrás do notebook, informando-lhe as tarefas urgentes a serem feitas. Uma delas é a visita a um cliente, às três da tarde, do outro lado da cidade. É impossível ir de ônibus ou metrô, e uma hora de táxi sairá mais do que ela quer pagar. Terá que ir de carro. Raciocina, e tem que raciocinar rápido, e liga para desmarcar a reunião. Enquanto disca o número, elabora alguma desculpa para o cancelamento. Todo tipo de clichês passa pela sua cabeça. Uma tia-avó morreu, tenho que ir ao velório. Prendi o dedo mindinho na porta do carro e acho que quebrei, preciso ir ao pronto-socorro fazer um raio X. Meu almoço de negócios atrasou e agora estou presa no trânsito em Osasco. Sente vergonha por ser abandonada pela sua criatividade quando mais precisa. Antes de decidir por um pretexto qualquer, a ligação cai na caixa postal. Sem alternativa, pega as chaves e desce, desta vez direto para a garagem. No elevador, olha para o relógio e, em seguida, para os números diminuindo no identificador de andares. Acompanha o dois ser substituído pelo um, e, antes que apareça o T, vira-se para o outro lado. Examina sua imagem no espelho e, com a porta interna já se abrindo, tira um cisco do olho direito.

Entra no carro e lembra-se de sua mãe fazendo o sinal da cruz toda vez que se preparava para pegar estrada. Acerta os retrovisores, como se não fosse a única a dirigir aquele carro, olha para um ponto fixo à sua frente, segura firmemente o volante com a mão esquerda e dá a partida. Ouve com prazer e medo o ronco discreto do motor ainda novo. O som cadenciado é uma célula do ritmo da cidade, e sentir-se parte desse todo a faz acreditar que é possível seguir, como apenas mais uma peça de uma engrenagem que gira inexoravelmente. Há um leve tremor em seus pés, que não a impede de engatar a primeira marcha e acelerar sem trepidações. Ao parar no farol, ocorre-lhe uma nova pergunta, imperativa, urgente, essencial: como é possível se matar logo pela manhã? Teria ele varado a noite remoendo angústias e postergando o ato final? Ou, ao contrário, naquela manhã havia despertado de pesadelos que o empurraram para uma vontade que já vinha sendo alimentada? O horário do suicídio dá a ela a certeza de uma decisão tomada com determinação. Se a noite foi passada em claro, é sinal de que ele não foi vencido pelo sono, de que horas a fio não conseguiram calar sua necessidade. E haveria de ser isso, necessidade, não um desejo impulsivo que morre com a espera. Se ele dormiu, tanto pior. Não há ímpeto suicida efêmero que seja possível numa manhã de sol.

O carro de trás buzina impaciente. Ela percebe que o farol já está aberto há algum tempo. Pensa em encostar o carro à frente e respirar, mas o relógio grita o horário, e ela segue adiante. Consegue chegar pontualmente à reunião e, em um grande esforço, prestar atenção ao que o cliente diz, ao que o cliente quer, ao que o cliente manda. Anota tudo para não esquecer, enquanto meneia a cabeça e, de quando em quando, balbucia um hum hum, confirmando que está ouvindo.

Ao fim da reunião, um aperto de mãos firme, apenas isso, atípico para ela, que sempre fez questão de quebrar as formalidades, um sorriso e um beijo no rosto.

Na volta, desliga o GPS para ter que desvendar o caminho e assim ocupar o raciocínio. Coloca para tocar o CD novo de Tulipa Ruiz, cujas letras já sabe quase todas de cor. Ela costuma cantar junto, timidamente, quando conhece os versos, e muitas vezes se vê observada com estranheza por outros motoristas. Quase sempre se constrange um pouco. Mas agora não desvia o olhar de sua frente. No farol de uma rua tranquila, vê apenas um homem atravessar a faixa de pedestres. Deve ter entre quarenta e quarenta e cinco anos. Olhando para o chão, com ombros caídos e gravata afrouxada, está visivelmente cansado, talvez triste. Ela especula se ele se parece fisicamente com o vizinho suicida, até que o farol abre e, diante do congestionamento que se anuncia na avenida transversal, ela procura uma nova rota. São seis da tarde e as ruas já começam a engarrafar. Demora quase duas horas para chegar em casa. Toma um banho demorado e lamenta não ter uma banheira para se deitar por horas. Veste o roupão e abre a geladeira. Além de temperos, alguns potes de iogurte light, um tablete de manteiga, caixas de leite e chá verde, restos de alface, já um tanto murchos, três tomates, uma cenoura e uma lata aberta de ervilhas. Pega o folheto da pizzaria, escolhe ao acaso dois sabores da promoção, faz o pedido e, enquanto espera a entrega, põe a TV em qualquer coisa que apenas a entretenha. Novela das oito. Não vê nenhuma novela há mais de vinte anos, mas só de passar os olhos em uma ou outra chamada, já sabe quais são os personagens e o que basicamente se passa com eles. A pizza chega, e ela come ainda assistindo à televisão, que só desliga ao final do capítulo. Deveria responder a alguns e-mails, que deixa para o dia seguinte. Decide não dar comida para o peixe, mas, já deitada, muda de ideia e vai descalça até a sala no escuro, abre o pote de ração e a despeja displicentemente no aquário. De volta à cama, adormece logo e tem pesadelos, quase todos coadjuvados pelo vizinho. Quando acorda, intui que em um deles o suicida alçava o posto de protagonista, mas não está bem certa disso. Quase nunca se lembra do enredo de seus sonhos, apenas da sensação que alguns deixam. Vez ou outra um flash, uma frase, um pedaço de cena. Há também, mais raros, os bons sonhos. Da trama desses, nada costuma restar. No entanto, assim como nos pesadelos, o sentimento sobrevive ao raiar do dia.

O dia começa com um telefonema de cobrança de prazos, pouco mais de uma hora após o despertador tocar e ela desligá-lo determinadamente. Prepara um café da manhã rápido, café, leite, torrada e manteiga, e logo passa a responder aos diversos e-mails não lidos. No meio disso, acende um cigarro e vai à varanda. Ali, olhando para o pátio do condomínio, tenta adivinhar o local exato da queda do vizinho. No chão, nenhum vestígio do dia anterior. Abandona o cigarro ainda na metade e volta para o computador. O trabalho começa a ganhar espaço em sua cabeça, e outras questões, pouco a pouco, vão tomando seu tempo e seu interesse.

Assim seguem-se as horas, os dias, os cálculos, os desenhos, a ida ao mercado, a visita aos pais, o cinema no fim de tarde, o bar com a melhor amiga, a troca de olhares no elevador do shopping, o presente comprado para a sobrinha, a festa de quatro anos da sobrinha, os cafés da manhã, almoços, jantares, noites de sono, a rotina, a tentativa de quebrar a rotina, a vida e seu curso. Aqui e ali, e cada vez menos, lembranças do suicida.

Depois de oito dias, toca o telefone fixo, para o qual só ligam sua mãe e atendentes de telemarketing. A mãe já falou com ela há vinte minutos e não é do tipo que liga diversas vezes ao dia. Ela atende, já ensaiando uma desculpa para rejeitar a eventual oferta que lhe será feita, mas a linha está muda. Perto do telefone, nota uma correspondência, jogada há pouco por baixo da porta de entrada.

Estranha de imediato o remetente, "4º Distrito Policial de São Paulo", e abre com receio o envelope. Em poucas palavras, o parágrafo único diz que ela está intimada a prestar esclarecimentos na delegacia, em dois dias, às dezessete horas.

Dorme mal à noite e, no dia seguinte, trabalha pouco, refazendo várias e várias vezes as mesmas contas referentes à estrutura da obra. Por que fui escolher essa profissão?!, diz para si mesma enquanto prepara o jantar.

3

Assim que sobe a escada da rua até a entrada, ela se dá conta de que nunca pisou numa delegacia antes. A ideia de ter sido intimada causa uma espécie de medo instintivo que ela não entende. Sabe apenas que não gosta de polícia, nunca gostou, ainda menos depois das tantas violências policiais que presenciou na época do movimento estudantil. Nela, nem um dedo encostado. Mas seus olhos flagraram porretadas descabidas, balas de borracha, sprays de pimenta, gases lacrimogêneos, sempre à distância.

Suas mãos suam quase imperceptivelmente, e ela penetra o mundo novo com cautela, assim que acaba o último degrau. O ambiente todo é cinza, que para ela é a verdadeira ausência de cor. O preto vibra em sua intensidade, assim como o branco. O cinza é apático, como o bege, com a diferença de que o bege, sutil, parece só um descanso. O cinza é o óbito. É uma cor que ela usa comedidamente, e sempre com contrastes. Cimento queimado, seu piso preferido para cozinhas e banheiros, sempre acaba próximo de um vermelho-sangue ou um azul-escuro. Pastilhas na parede escorrendo rumo ao piso, prestes a manchar o cinza. Mas ali tudo é dessa cor, sem contrastes. A morte apenas, sem mistificação.

O ambiente dá a impressão de ser propositadamente o mais impessoal possível, como se já devesse ser temido na antessala. Nenhum quadro, nenhum enfeite, apenas papéis afixados aqui e ali, aleatoriamente. De resto, concreto sem fim, tornando paredes e piso quase indistintos, como o mar e o céu se fundindo no horizonte. Ali, além de tudo, o horizonte cinza é finito e palpável. Não se pode olhar muito sob o risco de ser tragado para uma espécie de inferno terreno. Essa frieza começa a penetrar sua pele, e ela se descobre tremendo. Observa as pessoas à sua volta. Os que estão em trajes mais formais têm as mangas arregaçadas por conta do mormaço suave do verão. Alguns suam embaixo dos braços. Quem pode está de bermuda e camiseta. Ninguém usa sandálias, talvez por inadequação ao local. Só então ela percebe a calmaria do lugar. Nisso, difere totalmente do que ela imaginava.

E essa calma torna tudo ainda mais perturbador para quem está ali sem saber sequer o motivo. Recorda-se de um certo Josef, condenado por um crime que não sabe qual é, e logo refuta a ideia, repetindo para si mesma que é só um esclarecimento, nada além de um esclarecimento. Sente frio. Muito frio. E tem a certeza de ser a única ali a se sentir assim.

Caminha lentamente para falar com quem ela acredita ser uma espécie de recepcionista. Quando se aproxima, o estereótipo que havia criado se desfaz. O que esperava ser um homem gordo, careca ou com cabelos ralos, avançando pela meia-idade, com rugas que disputam espaço com marcas de espinhas juvenis, é na verdade um rapaz da idade dela, magro, até demais, com traços remotamente bonitos e olhos profundamente verdes. A única coisa que corresponde à expectativa é o mau humor inevitável naquele ambiente.

Boa tarde, vim falar com o delegado Estevão.

A senhora pode subir essa escada, ele diz sem apontar ou desviar o olhar. Primeiro andar, à direita. Terceira porta à esquerda.

Obrigada.

Sobe imaginando como deve ser o delegado, com base em seu nome e cargo. Quando chega à porta, vê que de fato é um homem gordo e de meia-idade, mas com cabelos fartos, revestindo a cabeça de um gris lustroso que, ao contrário do concreto da delegacia, brilha. Um prata vívido, contraste entre juventude e envelhecimento. Sua pele é boa e a cara, lisa, sem barba ou bigode que pudessem transmitir austeridade, embora os pelos já lhe nasçam nas maçãs do rosto e em direção ao queixo, ainda mais crescidos nas costeletas, denunciando algum tempo sem se barbear. Uma cicatriz larga perto da narina esquerda é o que mais o identifica com o tipo que ela havia inventado. Ele escreve alguma coisa freneticamente no computador. Tem a camisa seca, mas sua um pouco na testa. É o único por ali que parece não se deixar levar pela lentidão do mormaço. Ela para à porta, receando interrompê-lo.

Ô, Cláudio, o que é que isso aqui..., ele grita, interrompendo a frase no meio ao se virar para a porta e notá-la.

Boa tarde.

Boa tarde.

No que posso ajudá-la?

Eu recebi uma intimação, assinada por você... Pelo senhor.

Ele se inclina em direção a ela e a fita com atenção, como se tentasse decifrar quem seja a mulher à sua frente.

Lígia Benítez, ela diz, compreendendo o esforço dele em reconhecê-la.

Ah, sim, sim. Boa tarde, dona Lígia. Como a senhora tem passado?

Bem... Bem.

Por favor, sente-se.

Não, obrigada, eu prefiro ficar em pé.

Por favor, a conversa talvez demore um pouco.

Por quê?

Por favor, sente-se pra gente conversar.

Mas o que houve?

Por favor, dona Lígia.

Eu não me sinto confortável...

E eu não me sinto confortável de conversar com a senhora com esse desnível. Estou pedindo pra senhora sentar.

Mas eu...

Antes mesmo de ela terminar a frase, ele se levanta. A barriga pende sobre a calça e escorrega por debaixo da camisa, dando a ver seus pelos e sua carne.

Então vamos conversar os dois em pé.

Não é necessário, ela diz já se sentando.

Está tudo bem com a senhora?

Agora é o senhor que vai ficar em pé?

Não, claro que não, me desculpe. A senhora está nervosa?

Um pouco, confesso.

Não tem por quê. Primeira vez?

Prestando depoimento?

Pondo os pés numa delegacia.

Sim, primeira vez.

Imagino que seja isso.

Talvez um pouco.

Não precisa ficar nervosa. Aqui é um dos DPs mais tranquilos de São Paulo. E hoje está especialmente calmo. A senhora veio num dia privilegiado, todo mundo de bom humor. E, além de tudo, está um solzão gostoso, não é? Um bom dia. Claro que eu preferia estar aproveitando de outra forma, mas não se pode reclamar, não é? Faz ideia do motivo pelo qual a gente chamou a senhora?

Não. Nenhum.

Pouco mais de uma semana atrás, um morador do seu prédio faleceu.

Sim, eu soube.

Como a senhora soube?

Eu tava saindo quando a ambulância chegou. Já tinha algumas pessoas olhando. Muitas, na verdade, muitas pessoas olhando. O zelador, o seu João, me contou o que tinha acontecido.

A senhora conhecia o senhor Cássio Piazzolo?

Não. Pelo menos não pelo nome. Talvez já o tenha visto alguma vez, pelo prédio ou pelas redondezas.

Sei... Nunca tinha ouvido falar nele, assim, nominalmente?

Não. Não que eu me lembre. E eu sou boa com nomes, tenho boa memória. Acho que, de fato, não.

O que a senhora estava fazendo nesse dia?

No dia em que ele...

Sim, no dia.

Se não me engano, eu tava trabalhando em casa, depois fui almoçar na padaria de baixo, voltei, fui visitar um cliente...

O que a senhora faz?

Eu sou arquiteta.

Mas esse cliente a senhora visitou à tarde, certo?

Certo.

O senhor Cássio morreu por volta de onze e quinze. O que a senhora estava fazendo nesse horário?

Não sei precisar... Eu tava trabalhando, lembro que eu tava irritada, não conseguia me concentrar, ficava parando toda hora.

Parando pra fazer o quê?

Me desculpa, mas qual a relevância disso?

Estevão agora sua bem mais do que quando ela o viu pela porta. O líquido desce da testa e acaba represado estranhamente nos curtos fios da barba por fazer, na altura das têmporas. Nem uma gota escorre. Ele mantém ao seu lado um lenço de pano, tão úmido, que mal tem efeito quando levado à testa de tempos em tempos. Em dado momento, a parte superior da cabeça está tão ensopada que o suor transborda, pingando na mesa sem atingir o queixo, o pescoço ou o tronco, que seguem rigorosamente secos.

A senhora que me desculpe, mas as perguntas ficam por minha conta.

Eu parei pra tomar café, ir ao banheiro, navegar pela internet, fumar um cigarro, essas coisas.

Onde a senhora costuma fumar?

Eu fumo sempre na varanda. Não gosto que a casa fique com cheiro de cigarro.

Uma boa arquiteta sempre se preocupa com os detalhes de uma casa, eu imagino. Não adianta fazer uma bela decoração, toda emperequetada, pra casa ficar fedendo a cigarro, é ou não é? A minha mulher sempre reclama quando eu fumo dentro de casa. E ela tá certa, o pior é que sei que ela tá certa. Eu devia aproveitar e parar de fumar. Mas é difícil, a senhora deve saber. A senhora é inteligente, logo se vê.

Ele sorri e ela interpreta como um gesto de esforço para parecer simpático. De fato, ele tenta não demonstrar que, apesar de concordar com a esposa, fica profundamente irritado ao receber suas ordens. Também esconde que não gosta de conversar, embora essa seja a melhor parte do seu trabalho. Mas algo em Lígia faz com que ele se solidarize e tenha por ela até alguma simpatia, rara para depoentes de primeira viagem, com quem ele menos costuma ter paciência. Nesses casos, quase todos ficam muito nervosos e acabam precisando de rodeios para chegar ao que ele chama de ponto nevrálgico da questão.

Há quanto tempo mora nesse prédio?

Há quatro anos.

Conhece bem o edifício então? Tem boa relação com os vizinhos? A senhora sabe qual o apartamento do falecido?

O delegado, neste momento, no intuito de ir mais rápido ao ponto nevrálgico, pula as pausas e ignora as inflexões que a pontuação de suas frases sugere, numa verborragia inesperada, fazendo com que Lígia tenha que redobrar o esforço para responder.

Não. Como eu disse, eu não o conhecia. Acho que o seu João me disse no dia, mas eu não tenho certeza. E, se ele disse, já esqueci.

Ele morava no apartamento 63, do bloco A. E o seu apartamento qual é?

72-B, por quê?

Percebe?

Lígia desvia o olhar de Estevão e busca algo em que se apoiar. No canto de duas paredes, próximo ao teto, longe de tudo e sem nenhuma razão estética para estar ali, há um pequeno quadro, muito mal pintado, que ela julga ser de uma criança, talvez filho do delegado. O clique-clique que ele faz com a caneta na mão esquerda ecoa no silêncio do concreto. Ela sustenta a pausa até onde pode, mas não consegue dirigir uma fala a alguém sem contato visual.

Desculpe, eu estou um pouco nervosa, não estou entendendo o que o senhor está querendo dizer.

A senhora quer um copo d'água?

Aceito, por favor.

Quando o vê pegar o telefone, entende que não é ele quem vai lhe trazer a bebida e volta atrás no pedido. Não quer que ninguém de fora a veja naquela situação desconfortável, em que ela quase gagueja. Além de que a espera só faria retardar a revelação do motivo de ela estar ali, que é o seu ponto nevrálgico da conversa.

O apartamento dele fica quase na frente do seu, um andar abaixo. Apenas um pouco na diagonal.

Sim, acho que de frente pro meu é o final 4 do bloco A.

Exatamente. E a senhora já reparou nas câmeras de vigilância do prédio?

Não muito meticulosamente.

Meticulosamente... Eis uma palavra que quase não se usa mais. A senhora gosta de palavras raras?

Acho que sim, mas não estou entendendo...

Eu também gosto de palavras pouco usadas, ele diz interrompendo-a. Especialmente dessa. Sou muito meticuloso. O seu condomínio tem um sistema de monitoramento que também é bastante meticuloso. Segurança de alto nível. A senhora já viu as câmeras que ficam no térreo apontadas pra cima?

Sim, pras pessoas não jogarem coisas pela janela.

Exato! Nós estávamos analisando as gravações dessas câmeras e de todas as outras no dia do falecimento. De fato, parece que foi suicídio. Nós conseguimos claramente ver quando o senhor Cássio pula da sacada. E a câmera do seu bloco mostra que nesse exato momento a senhora estava na sua varanda, aparentemente olhando pra frente, exatamente de onde o seu vizinho pulou.

Eu?, ela diz sobressaltada.

E pelo que observamos do vídeo, seu vizinho agonizou por alguns minutos no pátio do condomínio até vir a óbito. Só então uma moradora notou e chamou a ambulância.

Mas eu... Eu não...

A senhora vai me dizer que não viu nada?

Não. Não vi! Eu... Por favor, preciso de um copo d'água.

4

Filha, tá tudo bem?

Aquela voz cansada é uma das poucas coisas que conseguem pacificá-la. Ela abre os olhos, como se tivessem ficado fechados por horas. Está tonta, a ponto de não saber dizer, de memória, quem está na sala ao seu redor, mas ainda consegue distinguir a quem pertence cada um dos olhares que se voltam para ela preocupados. Nem precisa se virar para o lado direito para saber que é a mãe quem está ali. As mãos ligeiramente enrugadas e de unhas compridas seguram as suas, em uma combinação única de firmeza e delicadeza. Entre quaisquer mãos do mundo, poderia reconhecer aquelas com um só toque. Pode presumir que ao lado esquerdo esteja o pai, mas precisa voltar a cabeça para confirmar. Embaixo do nariz fino de ponta vermelha, um sorriso dúbio de Gioconda. Na poltrona mais à frente, perto dele, o irmão, que observa tudo com interesse um tanto distanciado, calculando prudentemente até que ponto deve se envolver. Ao lado da poltrona, em pé, a sobrinha de quatro anos, boneca na mão, olhando compenetrada para a tia. Sem saber bem o que acontece, ela entende que algo está errado. Por fim, à sua frente, o único rosto que não lhe é familiar. Conheceu esse homem pessoalmente há menos de uma hora, mas sente ter passado um hiato de tempo tão grande, que é necessário fazer um breve esforço para se lembrar de quem se trata.

Tá tudo bem. Só fiquei pensando em tudo isso...

Filha, o doutor Douglas pode voltar outra hora, retruca o pai.

Claro, venho quando for melhor. Estou à disposição de vocês.

Não, eu tô bem, tá tudo bem. Eu quero ouvir o que senhor tem a dizer, doutor.

Bem, conversei com o delegado e, como eu previa, não tem nada de extraordinário. Trata-se de uma investigação de rotina. Ninguém está suspeitando de você. O que acontece é que você viu o suicídio...

Eu não vi, ela interrompe. Eu já disse que não vi nada. O senhor acredita em mim, não acredita?

Claro, Lígia, mas você deve ter visto sem ver. Você mesma disse que é muito distraída e que naquele dia estava preocupada com outras coisas. É comum isso acontecer. A gente pisca e, num átimo, deixa de ver algo que pode mudar nossa vida pra sempre. E eles sabem disso. Mas acharam, a princípio, que você pudesse ser a única testemunha do caso. Seu depoimento foi bastante esclarecedor nesse sentido. Você explicitou que não viu nada e não há motivos pra duvidarem de você.

A mãe, que ainda segura a mão de Lígia com força, não nota o calafrio que faz seus pelos se eriçarem assim que Douglas pronuncia as palavras "mudar nossa vida para sempre". Apenas a sobrinha, que até agora olhava absorta para a tia, nesse momento se vira e se agarra à perna do pai.

E se duvidarem de mim?

Quando ela diz isso, o irmão se levanta, pega a filha e vai à cozinha. Sabe que este é um dos momentos em que o raciocínio de Lígia entra em um looping sem saída. Encosta a porta sem fechar e pega um iogurte na geladeira para entreter a garota. Sem tentar ouvir a conversa, fica com os ouvidos a postos para o caso de ser chamado, o que torce para não acontecer. Sabe que, se tiver de voltar à sala, a irmã terá atingido um grau perigoso de perturbação, e ele estará irreversivelmente envolvido, tornando-se um dos responsáveis por ela.

É parte do trabalho dele fazer essa pressão.

Eles podem me acusar por omissão de socorro.

Lígia, não vão te acusar de nada. Mesmo que você tivesse visto e não fizesse nada, isso não configuraria crime nenhum. Eles já encerraram com você. Era só um esclarecimento. E bastou!

E se acharem que eu sou de alguma forma cúmplice, que eu o induzi a se suicidar?

Lígia...

Ela é assim mesmo, Douglas, imaginativa demais. Filha, o doutor Douglas trabalha há anos comigo, ele sabe muito bem o que tá falando. Você precisa confiar nele.

Deixa, eu ligo depois. O principal eu já falei. Agora ela precisa se acalmar pra depois a gente conversar melhor. Na verdade, se ela pensar bem, vai dar por encerrada essa história. Mas em todo caso, estou à disposição. Por ora, Lígia, sossegue.

Ela não vai sossegar, diz o pai, já encaminhando o advogado para a saída.

O irmão ouve essa última frase e concorda em silêncio. A mãe faz o mesmo e, enquanto Douglas sai, ameaça levantar, mas volta atrás e senta novamente ao lado de Lígia, apoiando a cabeça da filha em seu ombro. O pai retorna à sala e se serve de uma dose de uísque sem gelo, que toma em um só gole. Na cozinha, o irmão olha para a pequena garota conjecturando seu futuro.

5

Após a visita do advogado, Lígia dorme na casa paterna, por sugestão de seu irmão. Ao ouvir o conselho, os pais nem precisaram se olhar para entender que um acordo tácito se traçava entre os três e que a filha agora precisaria de cuidados. Ela não passa uma noite ali desde que foi morar sozinha, mas não contraria o pedido da mãe e aceita ficar até o dia seguinte.

Esse acordo é uma nova versão de um pacto antigo, feito quando, aos quinze anos, Lígia cortou os pulsos. Nesse dia, eles ainda precisaram se olhar para entender o combinado. Jamais, nas duas décadas que se seguiram, se falou naquela casa sobre essa tentativa de suicídio da filha, nem mesmo sobre a segunda, três anos depois. Lígia nunca entendeu a incapacidade de pronunciar o óbvio e se perguntava se eles eram do tipo que aprende a conviver com suas dores ou se, de tanto as acumularem, um dia explodiriam em alguma ação drástica, como tirar uma vida, talvez a deles mesmos, talvez a de outro. Silenciosamente, os três familiares se entendiam. Na primeira vez, perceberam que a filha precisava de mais atenção, redobrada sempre que o sofrimento da caçula se mostrava maior. Sofrimento era a palavra escolhida por todos eles, por mera coincidência, já que nunca foi falada em voz alta. Acontecesse o que acontecesse, nunca conversavam sobre o assunto com Lígia nem faziam qualquer coisa objetivamente para tentar impedi-la sempre que algo parecia prestes a ocorrer. Achavam que não sabiam como acessá-la e que uma adolescente rebelde, como a designavam, faria exatamente o contrário do que lhe fosse aconselhado. Na segunda vez em que ela tentou se matar, todos se sentiram mais culpados por terem permanecido passivos do que se sentiriam se tivessem agido de forma equivocada. Sabiam disso, mas mantiveram o pacto de inação. Conforme os anos foram passando, ela não voltou a atentar contra a própria vida, não demonstrava mais tanto sofrimento como antes, e os três foram afrouxando a vigilância, relaxando a atenção e acabaram esquecendo o acordo silencioso. Agora, assim que o primogênito alertou sobre a necessidade de a irmã dormir ali nessa noite, todos souberam imediatamente que o trato tinha voltado a vigorar e trazia então uma alteração fundamental: era preciso agir, mesmo que sutilmente. Por ora, o que podia ser feito era mantê-la por perto até que se acalmasse.

Nenhum deles viu, no dia anterior, que ela, ao deixar a delegacia, perturbada com o que havia ouvido do delegado e na ânsia de deixar o monstro de concreto para trás, saiu correndo e atravessou a rua de mão única sem olhar para o lado. Um carro, que vinha em sua direção, não conseguiu frear a tempo e encostou levemente em sua perna, fazendo-a se desequilibrar e quase cair. Retomando o equilíbrio, Lígia seguiu sua caminhada sem olhar para trás, enquanto a motorista descia do veículo desesperada, temendo ter causado qualquer coisa mais séria.

Faltam quinze para a meia-noite, e, no quarto que foi seu na infância e na adolescência, ela rola pela cama sem conseguir pegar no sono. Mesmo não estando mais habituada aos horários diurnos dos pais, o esgotamento daqueles dias a faria dormir instantaneamente, não fosse o ambiente em que se encontra. O quarto, assim como o do irmão, permanece intocado desde que ela se mudou dali. Na mais completa escuridão, ainda sabe a posição exata dos objetos que a rodeiam. Exceto por uma pintura recente, da mesma cor de antes, tudo ali permanece rigorosamente como ela deixou. Apesar disso, aquele cenário, representando a garota que ela foi um dia e já não existe mais, agora lhe é estranho. Nada do que ela levou na mudança foi reposto, restando espaços vazios entre objetos nas prateleiras, uma estante com livros ausentes, ganchos que não penduram mais quadros, o canto sem sua poltrona preferida e um abajur cuja lâmpada queimou por inatividade. Nem mesmo a personalidade da Lígia de antigamente está impressa naquele lugar. A identidade do cômodo está incompleta, lacunar.

Ela sempre gostou de lugares com personalidade. Prefere, por exemplo, um albergue, decorado com a cara do dono, à frieza impessoal de um hotel, feito para corresponder a um paradigma de arquitetura de interiores que não entre em desacordo com o gosto de nenhum cliente. Estilo universal, diriam os decoradores. Ainda assim, já dormiu sem dificuldade em todo tipo de hotéis. No seu antigo quarto, no entanto, é como se estivesse sob o teto de alguém que já morreu.

A vizinhança já está toda silenciosa e o breu do quarto é ainda maior quando ela adormece, num sono leve, repleto de pesadelos, que a faz acordar ainda algumas vezes no meio da noite. Na última interrupção, ao ver pelas frestas da janela o sol começar a raiar, toma um remédio que encontra na bolsa. O efeito imediato a faz dormir por horas, sem ouvir quando a mãe bate na porta chamando-a para o café da manhã.

6

Meu tio tomou um tiro há cerca de dez anos. Três tiros, na verdade. Reagiu a um assalto e acabou com o baço parecendo uma peneira, nas palavras do próprio médico, que, ainda sem nenhum cuidado, anunciou que ele provavelmente ficaria paraplégico. Uma das balas atravessou a barriga, ricocheteou por dentro e acabou se alojando na medula. Ele ficou um mês internado. Saiu do hospital andando, mas com uma dor irreversível na coluna e a prescrição vitalícia de um analgésico cheio de morfina, que só diminui um pouco as fisgadas. Depois disso, ficou mais quieto e até seu semblante mudou, embora nunca se fale sobre isso na família. Será que ele nunca cogitou que seria melhor não viver do que viver com essa dor?

Será que existe alguém que nunca tenha sentido uma dor como essa, que jamais vai embora ou que ao menos pareça que vai ficar para o resto da vida? Acho que não. O mundo está cheio delas pelo caminho. Basta um instante de distração pra tropeçar em alguma. Mesmo com todo o cuidado do mundo, muitas vezes a gente acaba topando com uma delas por aí, em algum beco do qual não dá mais pra sair. Dor de amor é assim, e nessa acho que todos já esbarraram alguma vez, batendo o cotovelo, o dedinho do pé, a cabeça ou mesmo o corpo todo. Na primeira vez, a impressão é que nunca vai passar. Depois, nas outras vezes, por maior que ela venha, a gente já conhece sua efemeridade. Por isso sempre achei meio leviano se matar por amor. Poético, mas leviano. De qualquer forma, prefiro não julgar as razões dos outros. Acredito que toda grande dor no começo parece eterna, exceto pra quem já tem uma coleção delas. Sim, há pessoas que colecionam selos, outras que colecionam carros antigos e algumas que colecionam dores. Não é uma escolha. E, assim como acontece com os selos, chega uma hora em que elas não cabem mais na prateleira. Quem já possui uma sala cheia delas geralmente sabe diferenciar as que só vêm de passagem e as que vão permanecer catalogadas ali. Pra falar a verdade, essa sabedoria não ajuda muito. No máximo, age sobre as fisgadas temporárias, como a morfina que meu tio toma, talvez menos. Pras definitivas, não há remédio. Nem vacina. Por isso, não consigo acreditar que exista alguém que nunca tenha pensado seriamente em dar adeus à vida. É claro que não posso afirmar isso. Não conheço todas as pessoas do mundo, e mesmo que conhecesse, não saberia indagá-las sobre o assunto. Não é algo fácil de conversar nem mesmo entre amigos. Esse é o tipo de coisa que a gente pergunta sem dificuldade só quando está bêbado ou chapado de alguma coisa: Ei, pessoal, alguém aqui tem a manha de dizer que nunca pensou em se matar? Eu perguntei uma vez, num luau no sítio do Beto, depois de várias garrafas de vinho e umas tantas tragadas num baseado que circulou pela roda que tínhamos formado em volta da fogueira. Felizmente, ninguém pegou um violão. Estávamos quase quietos, dividindo aquele momento introspectivo num inverno impiedoso. Pareciam todos bastante soturnos, melancólicos, e acho que isso também me ajudou a tomar fôlego pra soltar a pergunta. Ninguém se pronunciou. Depois de um tempo que, se não foi, ao menos me pareceu ser enorme, a Bianca disse calmamente que já, já tinha pensado duas ou três vezes nisso. Os outros ficaram em silêncio. A lenha estava só em brasa, quase se apagando, quando alguém falou alguma outra coisa não lembro sobre o quê. Naquele momento, eu acreditava que fosse apenas algo como uma curiosidade mórbida ou uma tentativa de não me sentir tão deslocada, mas, na verdade, acho que esperava que alguém dissesse que não, que nunca tinha tido uma ideia como essa. Assim eu poderia, quem sabe, ter alguma esperança de que fosse algo comigo, um problema meu, que eu pudesse resolver. Acho que pela primeira vez quis me sentir deslocada e não o contrário, quis acreditar que era loucura minha e que por isso podia ser revertida. Só que aquele era um questionamento pelo qual todos pareciam trafegar vez ou outra. A diferença é que eu pegava aquela estrada muitas e muitas vezes e estava escuro demais pra enxergar as placas que indicavam as saídas. Sempre que eu conseguia ver à frente a placa de fronteira, eu jogava pra direita e então podia avistar alguma sinalização no acostamento que, mesmo ilegível, acabava me levando a pegar o último retorno possível e sair do caminho. Talvez, pros outros, a estrada não fosse tão escura e eles conseguissem pegar as saídas anteriores. Eu precisava de farol alto e airbags reforçados, mas nunca temos essas coisas quando precisamos delas, não é?

7

Estirada na cama, ela ainda tenta lembrar qual o sobrenome de Cássio, quando ouve o apito da máquina de lavar, indicando o fim do ciclo que programou antes de se deitar. É o primeiro som conhecido que escuta desde de que, no meio da tentativa de rememoração, pôs o celular no silencioso e desconectou o telefone fixo, recusando a primeira ligação de sua mãe e deixando de tomar conhecimento das quatro chamadas seguintes. Do último nome do vizinho, recorda apenas que era algo semelhante a pizza. Pizzani, Piazzani, Piazzini, Piazzoni e outras variações do tipo a rondam sem que qualquer uma pareça correta. Vai até a cozinha e pega o interfone.

Seu João, que bom que é o senhor que tá aí. Tudo bem? Eu preciso de uma ajuda, sobre aquele vizinho que se suicidou há algumas semanas, o Cássio. Isso, isso mesmo. Eu fiquei sabendo de algumas coisas sobre um homem que eu acredito que seja ele, algumas informações que talvez possam ajudar a entender o que ele fez, mas eu preciso do nome completo pra confirmar se é a mesma pessoa. Entendo, mas deve ter alguma correspondência dele por aí, algo assim. Eu sei, seu João, mas, por favor, perceba que é importante, que é... Eu compreendo, mas não é nem mesmo um dado sigiloso, enfim, não há nada de errado... Não. Sim. Eu sei, seu João. Não, não, entendo, claro que entendo. Desculpe o aborrecimento.

Ela desce imediatamente à portaria. Cinco minutos e cinquenta reais depois, ela retorna com a informação que queria e joga o nome no Facebook. Há poucos perfis homônimos. Entra no primeiro que aparece e descobre uma amiga em comum, Ana Paula. A página está quase toda trancada, com diversas seções disponíveis apenas para amigos. Acessíveis a todos, apenas um outro perfil, de Ricardo Piazzolo, vinculado como irmão, o registro da cidade atual e duas fotos, uma que ela acredita ser uma cena do filme *Dançando no escuro* e outra de seu rosto, sem possibilidade de ser ampliada. Observando a imagem com atenção, ela reconhece o vizinho. Havia memorizado suas feições quando, logo que se mudou para o prédio, o encontrou duas vezes em pouco mais de uma semana, a primeira na garagem, onde se cumprimentaram, e então no supermercado do shopping mais próximo, em que ela o reconheceu à distância, sem ser vista. Além desses dois encontros, saberia mencionar apenas um terceiro, bastante tempo depois, na calçada da frente, quando ele estava entrando e, ao ver que ela ia sair, segurou o portão para que ela passasse. Além dessa gentileza, não havia reparado especialmente em mais nada nele.

Confere a agenda do celular e confirma o que supunha: não tem o telefone de Ana Paula. Obtém o número rapidamente com outra amiga e disca. Ao ser atendida, não sabe muito bem como abordar o assunto. Pergunta como a outra está, mente ao dizer que sente saudades e só então questiona sobre Cássio. Ana Paula não sabia até agora do suicídio. Sem saber como lidar com o atordoamento da outra, Lígia desliga prometendo retornar em breve com mais notícias.

Entra no perfil do irmão, Ricardo, completamente aberto a qualquer usuário da rede social. As postagens recentes falam das saudades que Cássio deixou, mas nenhuma sequer cita o suicídio. Nas mais antigas, não há menções ao irmão falecido. Sua ausência também é total nas fotos disponíveis. Na lista telefônica on-line, descobre o número de telefone de Ricardo.

8

Assim que sai da via expressa e entra em Interlagos, é tomada pela curiosidade de averiguar como está o bairro. Não passa por ali há décadas, desde que se mudou com a família para a Vila Mariana. As lojas no início da rua são as mesmas daquela época: uma madeireira, um açougue, a avícola do seu Acácio, uma loja de colchões e o posto de gasolina, na esquina. Na outra calçada, materiais de construção, roupas, artigos esportivos e a imobiliária que já foi de seu pai. Vai desacelerando e observando tudo como num passeio. Quando passa pela frente do posto, resolve dobrar à direita. A voz do GPS informa que houve desvio na rota, mas antes de indicar um novo caminho é calada por

Lígia, que desliga o aparelho, bem como o CD de Arnaldo Antunes que tocava no som do carro.

Na quadra seguinte, encontra a banca de jornal onde comprava todos os gibis possíveis e vários álbuns de figurinhas. No canto, atrás de um pequeno balcão, está sentado o seu Tibes, sonolento. Mesmo com muitas rugas a mais e os cabelos agora totalmente brancos, ainda é possível reconhecer a cara engraçada com nariz de batata e lábios carnudos. Atrás da banca, a quitanda do Mané. A farmácia está reformada, moderna, quase irreconhecível, e a locadora de vídeo ao lado já não existe mais. Cedeu lugar a uma loja de informática.

Apesar do tempo, sabe andar por aqueles caminhos com segurança. Vai se embrenhando pela área residencial, fazendo um zigue-zague que tenta abranger todas as ruas. A mangueira da praça principal, aonde ela costumava ir com a família aos sábados, segue arrebentando a calçada com suas raízes. De um lado, pode-se contar cerca de oito metros de concreto rachado. Do outro, um pouco menos. Os brinquedos precisam de reforma. São exatamente os mesmos de anos atrás, abandonados desde então. Entre os quatro balanços, só um continua utilizável. Dois estão estourados de um lado e o outro não existe mais. Seu lugar na barra de sustentação está marcado pelos ganchos, que permanecem. A gangorra, com dois meninos em cima, range e sacode, parecendo que vai se soltar da base a qualquer momento. O gira-gira está quase todo tomado pelo limo.

O escorregador e o trepa-trepa são dois convites ao tétano. A grama está surpreendentemente aparada, e as duas lixeiras, intactas. Apenas uma lata de cerveja suja o chão, perto de um dos bancos. Além dos dois garotos na gangorra, só um cachorro vira-lata se refestela ao sol.

Vira à esquerda. A rua mais chique do bairro continua com as mesmas mansões, e algumas guaritas novas atravancam a calçada. A casa do ex-prefeito ainda é a mais bonita dali, com seus tijolos vermelhos e terreno a perder de vista. A casinha térrea colorida da rua de trás também permanece com os mesmos tons de desenho animado, retocados recentemente. Há muito menos árvores, é certo, mas quase nada está diferente. A regulamentação daquela zona faz com que ali seja ainda uma das poucas regiões da cidade sem prédios, colaborando para um ar de deslocamento espaço-temporal. Apenas um condomínio horizontal foi construído, no lugar dos sobrados geminados da viela sem saída.

Na avenida, erra por um quarteirão e entra na única rua que queria evitar. Duzentos metros antes de sua antiga escola, faz um balão e volta para a via principal. Desliga o ar condicionado e abre a janela para sentir o cheiro do bairro. A chuva da manhã ainda recende pelos gramados, e o ar é perceptivelmente mais limpo do que no centro da cidade. Acende um cigarro e, na segunda tragada, avista na placa o endereço que vinha grafado nas poucas correspondências que recebeu durante a infância, quase sempre cartões-postais de alguma viagem da tia-avó, hoje falecida. Ela então se dá conta de como está perto do destino que havia inserido no GPS. Seis ou sete quarteirões, acredita. Conforme se aproxima de sua antiga casa, diminui a velocidade e para quando avista o portão verde. Na garagem, um osso e uma bola de tênis, ambos roídos, denunciam a presença de um cachorro, animal que nunca morou ali na sua época, apesar dos insistentes pedidos ao pai. A pitangueira está mais frondosa do que nunca. A maçaneta da porta de entrada foi trocada por uma parecida. A velha deve ter enferrujado, ela pensa. De resto, tudo como era antes. Não deve haver ninguém dentro, já que as portas e janelas estão todas fechadas. Na calçada do sobrado à direita, uma velha que não é a dona Tieme varre as folhas. Sem olhos puxados e com a pele bastante queimada pelo sol, também é improvável que seja sua parente. À esquerda, a residência ganhou pintura ligeiramente mais escura do que a antiga. Do outro lado da rua, uma cerca elétrica é a única diferença perceptível na casa que era do seu Dráuzio.

A nostalgia que vinha sentindo desde que entrou no bairro agora quase a sufoca, e, sob os trinta e seis graus da tarde ensolarada, começa a sentir uma leve tontura. Ela não entende por que isso acontece. Nunca sentiu saudade daquele lugar ou do tempo em que vivia ali, e, além do mais, pensa, tudo permanece como outrora. Não vê que nada está igual. A casa guarda as mesmas características físicas, mas não é a mesma, simplesmente porque não é mais sua. Não é o carro de seu pai que está na garagem. A pitangueira também não é mais regada pela mãe, que o fazia exaustivamente, desconfiando da autossuficiência da chuva – e talvez justo por isso hoje ela esteja repleta de frutos. O irmão já não brinca no meio da rua, só para atrapalhar os carros, e ela não senta na calçada para ler quando há muito barulho dentro de casa. Quem mora ao lado direito é outra família, e é provável que dona Tieme tenha morrido. Mesmo que atrás do outro muro ainda vivam os Fernandes, já não são seus vizinhos. Se houver crianças no sobrado do outro lado, certamente têm rostos desconhecidos e não se chamam João e Antônio. O garoto tímido cujo nome ninguém por ali jamais soube também não passa cabisbaixo enquanto ela o observa da janela, fascinada. Tudo mudou, embora ela não perceba, e um bolsão de água se forma em seus olhos. Com medo de borrar a maquiagem, segura a respiração e tenta focar em algum problema objetivo. Dá partida no carro, planejando como aproveitar melhor o porão de uma obra em que está trabalhando.

Lígia é do tipo extremamente pontual, até se não há horário preciso estipulado. Se marcar algo por volta das três, às três em ponto estará no local combinado, mesmo sabendo que os outros tardarão a aparecer. Ela está quarenta e dois minutos atrasada em relação à hora que pretendia chegar, mas só notará isso quando olhar no relógio, depois de estacionar o carro, a dez quadras dali. Errou por pouco a distância.

9

Aperta o botão da campainha e dá um passo atrás, afastando-se do portão. Da rua, pouco vê da casa. É possível afirmar que é bastante antiga pela pintura do muro, descascando em inúmeros pontos e dando a ver diferentes camadas de tinta. É provável que a construção inteira esteja deteriorada, e é geralmente nesse estado de coisas que costumam contratar os serviços de Lígia. No início da carreira, como todo profissional, costumava aceitar qualquer trabalho. Depois, com o crescente reconhecimento, teve a possibilidade de escolha e optou por praticamente abandonar as fundações e ficar apenas com reformas. Encarava, e ainda encara, essa função de forma fundamentalmente arqueológica, resgatando a história do lugar. A adaptação, para ela, jamais poderia prescindir ou se desvincular do projeto inicial.

Enquanto espera, controla a vontade de fumar um cigarro, temendo que não seja muito polido ser recebida dessa forma. Por um instante, torce para que não haja ninguém em casa, que ela nunca tenha a conversa que foi buscar ali e que sua vida volte ao que era antes, como se nada tivesse acontecido, mas logo repreende a si mesma pelo desejo pueril. A ventoinha do carro ainda trabalha ruidosamente quando ela decide espiar pela fresta que há entre o portão e o muro. É possível ver apenas um caminho de grama, sobre o qual foram colocadas algumas lajotas, e ao fundo algo que não dá para distinguir se é um pássaro real ou apenas uma reprodução bem-feita.

Na tarde quieta, além do piado de um bem-te-vi nos arredores, o único som reconhecível é o de seu automóvel, que já começa a diminuir. Se alguém viesse em direção à entrada da casa, seria possível ouvir os passos de longe, ela pensa. Cogita tocar novamente a campainha ou telefonar para ver se há alguém, mas decide esperar mais, até que ouve a chave sendo colocada na fechadura.

O portão se abre com um grande rangido, e a velha que surge lhe parece estranhamente familiar. Mesmo que estivesse em qualquer outro lugar, sem nenhuma combinação prévia, saberia quem é aquela mulher se a observasse detidamente. A cavidade funda entre as maçãs do rosto e o nariz, a densidade do arqueamento das sobrancelhas e o retraimento do queixo, que deixa o lábio superior levemente mais protuberante do que o inferior, são praticamente iguais aos do rosto que ela analisou com atenção no Facebook.

Você é exatamente como eu imaginei, diz a velha, que apenas difere do filho pelo nariz, fino e arrebitado, e pelas bochechas, que, se antes já eram exíguas, devem ter mirrado ainda mais com a idade. Pela breve conversa ao telefone, Lígia soube que seu marido faleceu há mais de uma década. Embora intua que vá encontrar fotos suas pela casa, não deixa de tentar reconstituir como podem ter sido suas feições. Subtrai as características da mãe dos traços de Cássio e obtém a imagem de um homem negro, alto e robusto.

Lígia?

Desculpa, dona Rosa. Me distraí olhando pra senhora.

É a semelhança, né?

Enorme.

Todos sempre disseram que ele se parece muito comigo. Parecia.

Lígia fica desconcertada com a correção do tempo verbal e tenta dizer algo para mudar de assunto, mas não sabe o quê. Se não fosse entrar em seguida, acenderia um cigarro, mesmo considerando o ato impróprio para o momento. A velha é quem toma a palavra.

Entra. Estou feliz por você ter vindo.

Lígia, que antes temia que a conversa pudesse fazer mal à senhora, agora muda de ideia, convicta de que não se passou um minuto nas últimas semanas em que ela não tenha pensado no filho. Na sala, o sorriso que a mãe de Cássio lhe lança com olhos melancólicos é a síntese do que sente, ela presume.

A casa é térrea, como ela já havia suposto por trás do muro, e construída em estilo colonial, o que dá a impressão de ser ainda mais antiga do que as paredes insinuam. Os ambientes são amplos, cheios de espaços vazados entre os móveis. O piso de lajotas esmaecidas, típico do calor interiorano de fazendas e ranchos, está quase deslocado ali. Há largos ventiladores de teto espalhados e uma lareira entre as duas salas principais. Todas as janelas preservam o azul original, embora com manchas brancas e pretas, de descascamento e fuligem. Os sofás também são antiquados, com base de madeira sobre a qual se assentam as almofadas. Ela se acomoda num estofado de camurça azul, cheio de arranhões e rasgos que a fazem se preocupar com a presença de felinos, aos quais é alérgica. Procura rapidamente e vê dois gatos dormindo ao sol, em um pátio interno quadrado que fica três degraus acima do nível da sala de estar, com acesso para quatro cômodos, através de portas-balcão. O pé-direito é alto e as vigas no teto têm verniz recente. O cheiro da casa é de madeira misturado a algo que ela não identifica, mas crê vir dos bichos.

A velha lhe oferece múltiplas opções para beber, entre sucos, chás quentes e gelados, dois tipos de refrigerante e café. Normalmente, ela pediria café, mas a tarde está quente demais e a casa, abafada. Escolhe chá gelado. No porta-retratos ao lado do sofá, uma foto da família. O homem ao lado de dona Rosa não se parece em nada com a imagem que Lígia criou. Branco, magro, com o nariz também fino, assemelha-se apenas ao primogênito, Ricardo. A caçula é idêntica à mãe. Cássio, além da semelhança constatada ainda no portão, tem traços cuja origem não seria possível determinar apenas com base naquele retrato.

Aqui está seu chá.

Obrigada, dona Rosa.

Lígia toma um longo gole do líquido. A velha espera, e essa pequena pausa a tranquiliza um pouco. Ela detesta mentir, e ver-se prestes a fazê-lo a exaspera mais do que o comum.

Você estava na Austrália?

Isso, passei alguns meses lá. Cheguei faz poucos dias.

De onde vocês se conheciam? Você sabe, ele nunca foi muito aberto, não costumava falar sobre a vida dele, os amigos. Eu só conheci o Murilo e o Fábio. E isso muito tempo depois de ficarem amigos.

Quando ela fala sobre o filho morto, seus gestos são comedidos, quase imperceptíveis, ao contrário do que são na maior parte do tempo. Mas não é uma contenção de tristeza. Ela não muda o tom ao se referir a ele, nem mesmo baixa os olhos ou fecha o sorriso. Há um significado outro nessa mudança corporal, que Lígia tenta desvendar.

Tínhamos amigos em comum. Na verdade, a gente até podia ter se conhecido antes, do bairro. Eu nasci e fui criada aqui. Morava na Francisco Egídio e estudava no Porto Assunção, ela diz e se arrepende em seguida, temendo que a infância do vizinho tenha sido passada em outro bairro e que a mudança da família para aquela casa fosse posterior.

Ah, sim, mas os meninos não estudaram lá. Eles frequentavam uma escola perto do trabalho do meu marido, em Santo Amaro. Ele achava essa escola daqui um pouco autoritária. Ele era ex-militar. Desertou no terceiro ano de carreira, quando começou a ditadura, e se tornou um militante de esquerda. Quando sentiu cheiro de autoritarismo, preferiu outra escola. Não era longe, mas seria difícil vocês se conhecerem assim. E o Cássio nunca foi muito de sair de casa. O Ricardo e a Sandra brincavam pela rua, você poderia ter conhecido, mas o Cássio, não. Ele sempre foi daquele jeito calado, tranquilo, desde criança. Na verdade, muito mais quando criança. Só na faculdade começou a ter amigos, sair, viajar, essas coisas. Antes não, era ele e ele mesmo. Meu marido estranhava, ficava preocupado. Eu achava que ele parecia normal, às vezes feliz, às vezes triste, normal, como qualquer garoto, como todo mundo. Mas meu marido tinha razão. O Reginaldo tinha esse dom de ver além, sabe? Não o futuro, que ele não previa nada, mas via o que já estava nas pessoas e afloraria com o tempo. O dia em que ele morreu foi o mais difícil da minha vida. Choro até hoje. Só de vez em quando, não vou mentir. Mas quando o Cássio se foi, dei graças a Deus por ele ter morrido antes. Ele era muito sensível, nisso o Cássio puxou o pai. Não aguentaria ver o filho tirar a própria vida. Deus sabe o que faz. Até quando faz alguém sofrer. Como se diz? Que Deus dá o frio conforme o cobertor, não é? Pois é, esse frio eu consigo aguentar. É difícil, claro, mas eu aguento. O Reginaldo não conseguiria. Ele e o Cássio eram unha e carne. Sabe, eu estou contente que você esteja aqui. Os amigos foram no velório, no enterro, e depois sumiram. E não é nem por mim que eu falo isso. O Ricardo e a Sandra vêm aqui quase todo dia. A gente se apoia. E tem os bichanos também. É que parece, não sei, parece que o Cássio foi esquecido pelo resto do mundo, entende? Eu sei que as pessoas têm suas vidas pra viver, mas é tão bom ver uma demonstração de carinho como a sua. Eu vejo no seu olho a dor pelo Cássio. Não, por favor, não chora. Quer um lenço? Isso é uma coisa que não falta por aqui.

10

Quando entra no elevador e vê a câmera, decide apertar o botão do quinto andar. Antes de sair, verifica através do pequeno vidro da porta se não há ninguém no hall. Sobe um lance de escada e adota a mesma cautela quando empurra a barra da porta corta-fogo. Ao notar o olho mágico da porta da frente, tenta rapidamente sair do campo de visão, mas o fato de não haver luz dentro do apartamento, às oito da noite, deve significar ausência de moradores. Percebe então que se ela própria acionar o interruptor, ao abrir a outra porta, poderá chamar a atenção dos moradores do bloco da frente ou de quem estiver no térreo. Da outra torre, poderia inclusive ser vista ali dentro. Crê que é prudente manter as lâmpadas apagadas, evitando que se faça notar a presença de alguém no local, mesmo lembrando ter visto, do seu apartamento, que a cortina permanecia fechada, como nos últimos dias. Tentando não produzir qualquer ruído, vira a chave na fechadura e, ao entrar, fecha a porta com a mesma precaução. A luz que vem de fora, filtrada pelo linho branco, cria uma penumbra escura, com luminosidade suficiente apenas para transitar por ali sem a ajuda das mãos. Pensa em ir embora e voltar na manhã seguinte, mas sua curiosidade tem urgência.

Não se lembra de ter entrado em nenhum lugar que antes não tivesse visto iluminado. O ambiente parece-lhe o negativo de uma foto muito clara, no qual os sombreados se sobrepõem sem nitidez. Primeiro, passeia por todos os cômodos. As salas de jantar e de estar estão invertidas em relação às dela. Sua mesa de refeições foi colocada próxima ao terraço, para que fosse o ponto mais agradável da casa, onde as visitas costumam ficar mais tempo, durante os almoços e jantares que ela faz sem muita frequência. Gosta de receber pessoas, principalmente quando aprende a fazer pratos novos, mas sua disposição para se aperfeiçoar na gastronomia é bissexta. A sala dele tem menos móveis: uma mesa de jantar redonda, próxima a um pequeno aparador, um sofá de três lugares, poltrona, mesa de canto, mesa de centro e um rack, onde fica a televisão e outras coisas que ela não consegue discernir ao olhar. Entra no quarto menor, bem diferente do dela, transformado em escritório. Ali só há uma estante, de parede a parede, com altura quase até o teto, repleta de livros. Metade do espaço está vazia, podendo comportar bem uma cama ou um sofá. O quarto principal, por seu tamanho restrito e pela forma como foi projetado, não deixa muitas possibilidades e, em linhas gerais, o de Cássio é igual ao dela, com uma cama de casal, dois criados-mudos e um guarda-roupas embutido. Os dois banheiros e a área de serviço são simples, e mesmo a cozinha, exceto pela quantidade de armários e por uma mesa retrátil, também não difere da dela. Dentro do apartamento só há uma planta, possivelmente uma violeta, num vaso em cima do aparador. Na varanda, ela lembra, há uma orquídea e duas ráfias. Apenas alguns enfeites e objetos menores são identificáveis pelo olhar, como garrafas ao lado do vaso e um porta-retrato sobre a mesa de centro. Na foto exposta, nada se distingue. Ela toca os outros objetos para entender sua constituição. Muitos deles parecem pequenas esculturas difíceis de se imaginar pelo tato. Um cinzeiro, um barco em miniatura, uma matriosca e uma caixinha trancada à chave são reconhecidos assim que recebem o toque da ponta de seus dedos. É impossível saber as cores escolhidas naquela decoração, assim como o revestimento dos armários e de alguns móveis, feitos com compensado ou mesmo madeira de lei. Apalpando o rack, descobre aparelhos de DVD e de som, uma vitrola, CDs e discos de vinil. Dentro de uma porta, pilhas de DVDs. Em cima, ao lado do televisor, um telefone sem fio.

O banheiro social não tem janela, apenas uma saída de ar para o duto fechado de ventilação, tornando possível acender a luz sem perigos, desde que com a porta fechada, para não iluminar o resto do apartamento. Junto com a lâmpada, aciona-se automaticamente uma ventoinha de respiração, que faz um ruído pequeno demais para ser percebido nos outros apartamentos. Ela se tranca ali com o porta-retrato, e seus olhos chegam a quase doer por causa da claridade. Quando se acostuma à iluminação, contempla a fotografia, um bocado antiga. O papel está ligeiramente amarelado e os cantos são curvos, como há muito não se imprime. O rosto de Cássio está mais jovem, um pouco mais magro ou talvez apenas sem a flacidez dos músculos que a idade traz, arredondando as formas. Ele ainda não tinha a tatuagem na canela, sobre a qual sua mãe falou em tom de reclamação, nem as sutis rugas que apareciam quando ele sorria. Deve ter sido tirada há cerca de vinte anos, especula. Ele está em pé, no centro. Em volta, jovens de idade próxima, provavelmente amigos, três deles agachados na frente dos outros. O sol está forte, o que se vê não só pela claridade, que quase estoura a fotografia, mas também pelo reflexo bastante nítido no mar atrás deles. Deve ser verão. Eles vestem bermudas, saias curtas, regatas, camisetas leves, chinelos, óculos escuros. Os que estão sem óculos têm os olhos apertados, e dois deles, Cássio e o que está à sua esquerda, cobrem as vistas com a mão. Um dos rapazes está sem camisa. Ela presume se tratar de alguma viagem, mas não reconhece o lugar. Pode-se ver, pequenino, um pedaço de terra do outro lado, dando a crer que um dos dois solos seja uma ilha. Ao lado da menina à direita, uma mochila. São, além do vizinho, quatro garotos, barbados, e três garotas. Todos sorriem, o que é praxe em retratos, mas algo nos sorrisos largos, nos olhares periféricos que quase se cruzam e nos braços tonificados que se trançam por sobre os ombros a faz arriscar dizer que naquele momento estavam genuinamente felizes. Fita por um longo tempo aquela imagem e, num repente, sai do banheiro e devolve o porta-retratos à mesa, decidindo voltar na manhã seguinte.

11

Como você ganhou essa cicatriz no supercílio?, ele me perguntou.

Batendo num poste. A cento e trinta quilômetros por hora.

Você tava bêbada?

Não.

O que você fez pra perder o controle do carro desse jeito?

E quem disse que eu perdi o controle?

Acho que não é todo cara que está preparado pra ouvir uma pedrada dessas. Ainda mais um que tinha acabado de me conhecer e pouco ou nada sabia sobre mim. No primeiro reconhecimento, o físico, ele me faz uma única pergunta e, de repente, a resposta é algo que deixaria qualquer um sem reação. O que se faz numa situação dessas? Deve ter passado pela cabeça dele que eu queria algo ao contar aquilo, que eu pretendia causar pena ou que talvez fosse uma brincadeira, sei lá. Por mais estúpido que seja, tenho certeza de que há pessoas que brincam com coisas assim. Mas certamente ele viu na minha cara que eu falava sério. Ficou completamente desconcertado, disse que ia ao banheiro e nunca mais voltou. Pouco depois, eu o avistei na pista, dançando com os amigos. Ele não me viu, ou fingiu que não viu, e eu também não fui falar com ele. Estava envergonhada, embora não soubesse bem por quê. Minha vontade era falar pra ele que eu não queria nada, não esperava porra nenhuma, só contei porque ele me perguntou de onde vinha a cicatriz e depois me fez outra pergunta e outra e me senti um tanto acuada e resolvi falar a verdade. Só então, aos vinte anos, percebi que mamãe estava bem erradinha quando me mandou dizer sempre a verdade, doa a quem doer. Achei que aquele cara era sensível o bastante pra entender o que eu estava dizendo. Um cara que sabia o que é supercílio. Um cara capaz de reparar quase à primeira vista numa pequena cicatriz. Um cara detalhista, como eu. Achei por um momento que éramos iguais. É claro que, como o conselho da minha mãe, eu estava redondamente enganada. Nunca mais fui leviana como naquela noite e passei a esconder das pessoas tanto quanto pude os meus dois flertes com a morte. Com o tempo, minha cicatriz foi ficando menos perceptível, e hoje é muito raro alguém perguntar sobre ela. É mais comum questionarem a do pulso, mas não é difícil inventar qualquer desculpa pra explicar como a obtive. A verdade nem sempre é a melhor saída pra esse tipo de caso. Se bem que não falei pra ele a verdade absoluta. A verdade verdadeira, como dizia minha avó. Não bati o carro a cento e trinta por hora. De fato, essa era a velocidade em que eu estava poucos segundos antes do incidente. Também não é verdade que não perdi o controle. Acelerei freneticamente em direção ao poste, sim. Mas quando o vi se aproximando do carro – porque é essa a sensação que se tem quando se atinge esse duplo grau de perturbação e velocidade, parece que é o poste que avança em direção a você –, tive medo ou não sei o quê. Freei e tentei desviar, mas já era tarde demais. Talvez realmente não se possa dizer que eu perdi o controle, pois o carro obedeceu plenamente ao meu comando, apenas era impossível desviar completamente do obstáculo àquela altura. Enfim, não é um detalhe bobo o fato de ter batido quase de lado e talvez a cinquenta por hora. Não saberia jamais precisar a velocidade em que estava no momento exato em que colidi com aquele cilindro de concreto, mas imagino que tenha diminuído drasticamente, pois lembro que, assim que atolei o pé no pedal, percebi que o freio funcionava muito bem, a ponto de num instante me fazer sentir bastante pressionada pelo cinto de segurança, machucando com força minha axila. É provavelmente o que fez com que só restasse uma única cicatriz, além do emaranhado de lata que foi direto pro ferro velho. Também não seria completamente verdadeiro afirmar que três anos antes eu tinha cortado os pulsos. De fato, eu quebrei uma régua ao meio, deixando-a afiada como faca, e cravei no meu braço, rasgando a pele e o que estivesse embaixo dela. Mas, ingênua e sem nenhum tutorial pra me ensinar a fazer isso, acabei me cortando no sentido errado, transversal à longitude do braço. A vontade naquele momento era a mesma que senti ao acelerar em direção ao poste, mas as memórias do que veio depois são confusas, embaralhadas. Mesmo as lembranças do incidente também terminam no momento em que freio e tento desviar. Os segundos seguintes eu sei apenas pelo que a polícia me contou. Naquele dia eu completava dezoito anos. Algumas semanas antes, meu pai me perguntou se eu gostaria de uma festa. Ele estava disposto a fazer algo especial. Eu disse que precisaria pensar sobre o assunto. Primeiro decidi que queria. Em seguida, mudei de ideia. Então quis de novo e depois, mais uma vez o contrário. Fiquei tão indecisa que certo dia meu pai me disse que não daria mais tempo pra organizar nada. Minha própria indecisão tinha decidido por mim. Eu tinha alguns bons motivos pra querer a festa e outros tantos pra não querer. No meu aniversário anterior tinha acontecido uma comemoração. Não tinha bebida e estava meio chato, mas o problema foi o pé na bunda que eu tinha levado do Bruno três semanas antes. Meu primeiro namorado. Passei a festa inteira querendo que ele estivesse lá. Na hora de assoprar as velinhas, minha mãe disse pra eu fazer um desejo e aí não consegui mais segurar e comecei a chorar. Foi patético. Deixei todo mundo constrangido e estraguei de vez o que já não ia muito bem. No ano seguinte não namorei ninguém. Eu me sentia muito sozinha e, desde que cortei os pulsos, e até um pouco antes, eu tinha diariamente vontade de morrer. Eu também me sentia sozinha com o Bruno, e com todos os namorados que tive depois, mas a solidão parecia maior sem eles. Eu sabia que não me sentiria bem naquele dia, especialmente porque aniversário e ano-novo são datas complicadas pra mim. Ao fechar ciclos, me vejo compelida a olhar pra trás e fazer um balanço, e o saldo acaba sempre sendo negativo. Eu estava no final do meu último ano na escola e, como em todos os 29 de outubro até então, não fui à aula. Era meu dia anual de alforria. Meus pais e meu irmão saíram pra trabalhar, e eu fiquei em casa, dormindo até mais tarde. Quando acordei, me arrependi de não ter aceitado a oferta do meu pai. Meu medo era chorar na frente de todos novamente, mas eu sabia que ficar sozinha seria sempre mais doloroso. Fazia pouco tempo que minha mãe tinha mudado de emprego e, agora que estava trabalhando perto do meu pai, eles passaram a sair todos os dias juntos. Colocaram o carro dela à venda, mas nenhuma proposta tinha surgido até então. Eu me lembrei do carro na garagem e pensei que poderia ser uma boa ideia dar uma volta, sentir a ilusória independência dos meus dezoito anos. Eu já sabia dirigir desde os catorze. Meu irmão tinha dezessete, e meu pai achou que seria menos trabalhoso ensinar os dois ao mesmo tempo. Ele sempre se preocupou em nos educar pra saber fazer o básico: cozinhar, consertar o que quebrava em casa, dar ponto no furo de uma camisa, essas coisas. A maior parte delas nós já tínhamos aprendido até melhor na época em que, também por desejo dele, fizemos escotismo. Só fingíamos não saber, porque ele tinha prazer naquele ritual familiar e não queríamos estragar. Mas dirigir foi ele mesmo quem ensinou. Sempre tive vontade de pegar o carro às escondidas. Nunca peguei porque sabia que, se alguma coisa acontecesse, quem responderia pelo meu erro seria ele. Naquele dia, não. Eu tinha atingido a maioridade, tinha novos deveres e novos direitos. Só quando já estava na rua percebi que não tinha aonde ir, o que era pior do que não ter como me locomover, e me senti mais abandonada do que nunca. Foi aí que tive a ideia de me enfiar no poste. Obviamente, não me orgulho disso.

12

Apesar de detestar acordar cedo, às oito e meia da manhã ela está novamente no apartamento de Cássio, após uma noite maldormida, entrecortada por pesadelos. As cortinas não impedem a luz de invadir a sala e se espraiar por todo o apartamento, clareando móveis e enfeites, agora completamente nítidos. Cores e texturas se apresentam em um novo ambiente, bastante diverso do que ela imaginou na noite anterior. Agora, ao analisar com mais propriedade, constata a ausência de qualquer bagunça. Não é algo em que ela costuma reparar, diferente do contrário: a menor desordem sempre chama sua atenção. Justamente por ser ela mesma tão organizada, arrumação é o mínimo que espera de qualquer lugar. Ali, no entanto, a rigorosa disposição dos móveis e objetos lhe salta aos olhos. Há um bom gosto surpreendente na combinação de tons e formas. É tudo muito simples e, mesmo com algumas soluções criativas, ela poderia apostar que não houve o trabalho de um arquiteto de interiores ou de um decorador. Seu primeiro critério para avaliar qualquer residência é se perguntar se ela moraria no local. Não precisa de esforço para concluir que habitaria tranquilamente o apartamento do vizinho, mesmo que o estilo seja diferente do seu. Pela própria profissão, optou por itens mais modernos e tecnológicos para si. Cássio fez escolhas mais sóbrias, com poucos móveis e muita madeira. Os espaços vazios são mais evidentes agora, iluminados. Os armários todos são de boa qualidade. É um apartamento bonito, conclui. Aconchegante. Incomum para um homem solteiro.

Na parede em que está encostado o sofá, uma reprodução do quadro *O abraço*, de Egon Schiele, em que o dorso de um homem nu encobre parcialmente a fronte de uma mulher, igualmente despida, e, entre braços enlaçados, ele afunda a cabeça nos cabelos dela, sem ser possível distinguir se repousa em seu ombro ou se beija sua orelha. Acima do aparador, uma tela assinada por Daisy Piazzolo, composta por uma paisagem praiana simples, com uma enorme pedra ao lado direito e um casebre ao longe, do lado oposto. Na frente da construção, três coqueiros. No centro, um homem parado em frente ao mar, contemplando-o. Sobre as ondas, muito distante, uma pequena mancha que parece um barco. A pintura é realista, com técnica apurada e precisão inconteste nos traços e detalhes, possivelmente copiada de alguma fotografia. Não há nada de extraordinário na imagem, mas a posição do homem, distante de tudo, em frente à imensidão do mar, transmite uma sensação incisiva de solidão. Sobre a mesa de centro, é possível ver agora com clareza as pequenas esculturas que ela havia antes tateado. Feitas de papel machê, formam um conjunto: três garotas, carregando mochilas nas costas, deformadas, esféricas, sem separação clara entre as partes do corpo, pintadas em tons pastel, mínimas variações de sépia. Ela se lembra de ter visto trabalhos semelhantes na Bolívia, de influência Inca. Havia comprado uma dessas esculturas para dar de presente à mãe, mas acabou perdendo-a na viagem.

Da discografia dele, dispensaria apenas os poucos CDs de heavy metal. Deleita-se com a parte de música brasileira, em especial com os vinis de Cartola, aparentemente completos. A organização se divide entre nacionais e internacionais, e cada seção é organizada em ordem alfabética. Surpreendentemente, nada dos Beatles.

Abre a porta onde estão guardados os DVDs. Duas pilhas são de filmes recentes, todos piratas, em sua maioria de cinema nacional contemporâneo. Três colunas são de obras mais clássicas, em versões aparentemente originais. Uma caixa de Woody Allen é a primeira coisa em que repara. Há mais duas pequenas coleções, de Bergman e Kubrick.

No quarto menor, investiga a biblioteca, única parte do apartamento que está um pouco bagunçada. Falta ali uma nova estante para comportar os livros que quase transbordam da antiga. As brochuras em pé na prateleira seguem o mesmo rigor de todos os discos, com ainda mais categorias distintas, além da nacionalidade. Numa passada de vista rápida, ela consegue distinguir várias seções: poesia, romances, contos, filosofia, ensaios sobre literatura, teatro, história e diversas publicações em quadrinhos. A desordem está nos livros que estão à frente, deitados e distribuídos em diversas pilhas nas beiras da estante, algumas com perigo de desabar ao menor esbarrão. Todos parecem lançamentos recentes. Os primeiros que ela pega são brasileiros, e uma breve folheada lhe revela que a maioria traz dedicatórias atenciosas dos autores. Aparentemente, conheciam Cássio. Algumas das mensagens levam a crer que foram presentes dados a ele pelos próprios escritores. Ao longo das páginas, grifos e algumas anotações mostram que, embora não tenham ganhado um lugar privilegiado na estante, receberam a atenção daquele leitor. Entre os livros dispostos em pé, Lígia tenta pegar Cássio em alguma falha, mas qualquer autor clássico em que ela pensa tem no mínimo uma obra disponível ali. Todos os russos têm dois ou mais títulos, inclusive alguns menos conhecidos. Os filósofos alemães também estão presentes em peso, e todos os gregos ombreiam com a dramaturgia completa de Shakespeare. Nas duas prateleiras de publicações lusófonas, igualmente, há de tudo, desde o romantismo indianista brasileiro e as novelas de cavalaria portuguesas até o modernismo e os contemporâneos. A bibliografia de Machado de Assis está quase completa. Há vários Guimarães Rosa, Graciliano Ramos, Erico Verissimo, Saramago, mas nenhum com títulos suficientes para ter sua obra inteira. Apenas Caio Fernando Abreu parece estar integralmente ali. Folheando seus livros, também é notória a quantidade maior de grifos e comentários. Até mesmo suas raras peças teatrais constam todas naquele quarto.

Lígia sente fome e só então olha para o relógio do celular. Às três da tarde, além de almoçar, ainda há muito a ser feito. Decide escolher um livro para levar, mas acaba pegando dois, entre os primeiros que viu, na beira da prateleira: *O céu dos suicidas* e *A humilhação*. De fato, viveria tranquilamente naquele apartamento.

13

Eu agradeço a confiança por me contar isso, mas não entendo aonde você quer chegar, diz Ana Paula, apoiando os dois antebraços na mesa.

O garçom chega com a porção de pastéis e o chope escuro de Lígia. Ao retirar o copo anterior, limpa a mesa com um pano e serve os pedidos com uma mesura um tanto desajeitada. As duas permanecem em silêncio. Ana olha as pessoas que estão à esquerda, enquanto é observada por Lígia.

Obrigada, diz ao funcionário enquanto ele se vira para ir embora. Eu sei que é estranho o que eu tô fazendo, ela continua em voz mais baixa, mas preciso que acreditem que eu não vi quando ele pulou.

Que quem acredite?

Ana Paula se recosta na cadeira, estalando os ossos das costas. O bar está mais cheio do que Lígia imaginava, o que a leva a se preocupar em tomar cuidado para não ser ouvida. Ela se curva sobre a mesa e responde à outra, ainda em voz baixa. Entre os rapazes à esquerda, inicia-se uma ruidosa gargalhada. Ninguém ali parece estar interessado na conversa delas. Um casal à direita está nitidamente no primeiro encontro. Os dois se olham compenetradamente, entre silêncios curtos e meios sorrisos. Ela passa a mão no cabelo a cada fala, e vez ou outra ele se mexe na cadeira, ajeitando a postura. Embora as mãos quase se toquem sobre o tampo de mármore, não há nenhum contato físico, o que sugere que ainda não se beijaram. Já dispararam um processo que dificilmente vai ser interrompido antes de aquela noite acabar na cama. O resto do mundo também inexiste para um senhor sozinho, atrás delas, com os olhos inchados e as bochechas vermelhas. Quando não está bebendo, apenas olha para o copo, inerte. Três executivos estão sentados à frente, mas a distância é suficiente para não haver chances de escutarem nada que não for dito aos berros. Ela verifica o entorno e passa a conversar em volume normal, silenciando apenas quando algum garçom passa perto.

Não dá pra provar que você não viu algo.

Dá pra mostrar que eu não o conhecia. E que o motivo do suicídio dele não teve nada a ver comigo.

Deixa eu entender melhor. Você quer provar que não conhece uma pessoa e aí chega pra família dela e se passa por uma amiga? Se você tá com tanto medo, não imaginou o delegado conversando com a mãe dele e descobrindo a grande amiga que você era?

Lígia dá o primeiro gole em seu chope, tragando um terço da bebida. Pega um pastel, mas devolve em seguida, antes de mordê-lo. A porção já está pela metade e ela ainda não comeu nenhum.

Eu sei disso, ela diz e faz uma pausa. Esse foi o risco a correr. Duvido que o delegado ou quem quer que seja faça perguntas sobre mim pra dona Rosa. Se fizer, eu assumo. Assumo a verdade e explico por que menti. Eu não sei se existe algum perigo real. Talvez o advogado esteja certo, mas eu preciso me prevenir. Se alguma coisa acontecer, quero estar preparada.

Eu acho que tô começando a entender, mas, me desculpa a sinceridade, ainda tô achando uma doideira.

Talvez seja mesmo. Eu sei que não tô muito bem. Isso tudo mexeu muito comigo, e desde então...

Ela interrompe a fala quando ouve o garçom que as atendeu ser chamado numa mesa próxima. Márcio, diz a garota com óculos no estilo John Lennon. Lígia costuma ir àquele lugar com alguma regularidade e crê já ter sido servida antes pelo atendente. Memoriza seu nome antes de prosseguir no raciocínio.

Primeiro eu pensei que a gente fosse muito diferente um do outro. Isso seria algum tipo de prova, de evidência de que seria improvável a gente se conhecer, que não tinha motivos pra gente ter qualquer relação, qualquer interesse um no outro. Não sei por que pensei isso. Talvez porque sempre me achei diferente da maioria. Meio patinho feio, ovelha negra, essas coisas. Talvez o rosto dele me sugerisse isso. Ele parecia, sei lá, um executivo. Algo assim. O fato é que eu tava errada. Redondamente errada.

Não conheço nenhum de vocês dois muito bem. Conhecia, no caso dele. Mas vocês são do tipo de pessoa que eu poderia apostar que frequenta os mesmos lugares. O universo de vocês é o mesmo.

O que ele fazia? Acredita que eu ainda não sei?!

Era professor de literatura. Pega um pastel, tô comendo tudo sozinha.

Até me esqueci deles.

Ao contrário do que supôs, a fritura lhe cai bem. O sabor da massa, excepcionalmente bem-feita para um bar, e do queijo lhe dá ânimo. Toma mais um gole do chope, que preenche sua boca, efervescendo as papilas e refrescando seu peito. Na varanda, onde estão, há diversas árvores, que, no mormaço, permanecem quase estáticas, mesmo as mais frágeis, de galhos finos e folhas menores. O garçom vem pegar o pedido de Ana Paula, mais uma caipirinha.

Eu usei a chave que a mãe dele me deu. Não sei como ela confiou em mim a esse ponto. Acho que ela tava precisando acreditar em alguém, não sei, só sei que ela foi com a minha cara. Em cinco minutos, já me tratava como filha. Eu entrei lá. Um apartamento bonito. Os livros, os discos, ele gostava das mesmas coisas que eu. Nada que mostrasse incompatibilidade entre a gente. Pelo contrário, se a gente tivesse se conhecido, provavelmente teríamos virado amigos.

Ou mais que amigos.

Não sei. Não consigo imaginar ele dessa forma. Deve ser porque conheci, ou melhor, fiquei sabendo da existência dele por causa do suicídio. É como se ele fosse assexuado, entende? É estranho, eu não faço ideia de quem seja ele, eu só sei o que dizem, o que eu deduzo. Ele ainda é uma caricatura... Do que você tá rindo?

De você achar que ele era assexuado. Ele era safado pra caralho, Lígia. Gostava de trepar. Claro, todo mundo gosta, ou quase todo mundo, mas ele sabia fazer a coisa. Sabia direitinho.

Nossa, realmente, eu nunca diria...

Que ele transava bem ou que eu transei com ele?

Acho que as duas coisas.

Ficou chocada?

Claro que não. Curiosa.

Pra saber mais?

É... Não que seja uma pergunta, de jeito nenhum, só fico imaginando...

Pode perguntar se quiser. Eu não tenho pudor em falar disso. Sabe aquele tipo de cara que, só de encostar, já te faz bambear as pernas? Pegada firme, mas carinhoso, que te joga na cama pra depois beijar o corpo inteiro, pedaço por pedaço, sem pressa, saca? Cheiro bom... Mais da própria pele que de perfume. Passava séculos beijando e mordendo o pescoço, enquanto segurava o meu cabelo. Tinha mania de passar a mão nos meus braços pra conferir se eu tava arrepiada. E ficava olhando no olho, fixo, meio perturbador, mas também doce. Ele sorria, com malícia e também com uma inocência que acho que nunca vi em outro cara. Era assim, meio indecifrável. Dava vontade de deixar o corpo ali, de emprestar pra ele fazer o que quisesse e devolver depois.

Lígia olha para os homens do bar procurando alguma semelhança com Cássio. Já não encontra o moreno ligeiramente calvo em quem havia reparado quando chegou. O jeito dele de mexer a cabeça enquanto falava talvez pudesse remeter de alguma forma ao vizinho.

Lígia?

Desculpa. Tava imaginando a cena que você descreveu, diz um pouco embaraçada, antes de beber o resto do seu chope. Eu não sabia de vocês. Acho que eu já disse isso.

Não foi nada muito importante. A gente saiu umas cinco vezes, algo assim. Só foi memorável na cama.

E de resto?

Não sei, Lígia. Não sei o que você espera encontrar. Ele era um cara normal. Tímido, um tanto calado, mas simpático, engraçado. Profundamente inteligente, a ponto de às vezes se tornar um pouco pedante. Se irritava com certa facilidade. Era um cara que quase todo mundo amava ou odiava, difícil ser indiferente, sabe? Não acredito que eu vá conseguir te ajudar a entender a razão do suicídio dele. A gente tinha amigos em comum, inclusive foi assim que a gente se conheceu, mas fazia muito tempo que eu não falava com ele. Essa época em que a gente saía já tem mais de cinco anos. Daquele tempo, não me lembro de nada que possa ter levado ele a fazer isso, nada de anormal. Ele não deixou nenhuma carta? Nenhum bilhete?

Lígia ouve tudo imóvel. Sente o enrijecimento do próprio corpo, os ombros tensionados, a coluna ereta. Ignora a coceira que sente na perna direita.

Nada. Se tivesse deixado, eu talvez não precisasse estar nesse rolo todo.

Você não precisa. Mas talvez já seja tarde demais.

Eu vou sair assim que der. Só quero essa resposta. Peguei dois livros dele. Ele leu há não muito tempo, tenho certeza. Um deles, *O céu dos suicidas*, tem uma dedicatória do autor, Ricardo Lísias. Peguei pelo nome. É um bom livro, mas não ajudou muito.

Sobre o que é?

É um cara que perde um amigo. Por suicídio. Então o cara começa a querer provar, de qualquer jeito, contra os dogmas de todas as religiões, que o amigo merece um lugar no céu ou no que quer que seja, porque era uma boa pessoa. É mais sobre amizade do que sobre suicídio. O amigo, inclusive, já tinha sido internado várias vezes, tinha problemas psiquiátricos sérios. Enfim, um cara com motivos óbvios pra fazer qualquer coisa do tipo.

Você não tá sendo meio preconceituosa, não?

Um vento repentino faz voar dois guardanapos, que Lígia alcança logo que tocam o chão. Despencam algumas folhas da mangueira que fica entre a mesa delas e a dos executivos, e outras, já caídas, começam a ser arrastadas pelo chão. O céu escurece um pouco e um trovão ressoa longe. Ana Paula, sem consultar Lígia, faz ao garçom o gesto de fechamento da conta.

Talvez. De qualquer forma, não acredito que o livro tenha qualquer relação com o suicídio dele. Nem o outro, *A humilhação*, do Philip Roth. Eu peguei pela sinopse da contracapa. É um ator que, do nada, perde seu talento. O cara dá uma pirada e passa a querer morrer, mas vai adiando o suicídio. No meio disso, casa com uma lésbica, se interna, enfim, tenta algumas alternativas e no fim se mata mesmo. Nada esclarecedor. A vida do próprio Roth é bem mais interessante. Um cara que, depois de dezenas de livros, prêmios, elogios de toda a crítica, fãs no mundo inteiro, prestígio, dinheiro, simplesmente resolve parar de escrever. Isso também é uma espécie de suicídio, não?

14

Quando atravessa o jardim, as crianças estão jogando futebol na quadra do condomínio, todas sem camisa, exceto a única menina, que cumpre a função de goleira de um dos times. Em cima daquele cimento, que ferve sob o sol da manhã, são todos iguais, e nem mesmo os lados opostos os diferenciam diante do objetivo comum. Lígia não entende muito bem de crianças, mas poderia chutar que todas têm entre sete e nove anos. Um dos meninos age como um capitão autointitulado: dá ordens, grita, se irrita, cobra dos outros e se angustia com os erros dos companheiros. Outro, talvez o mais novo, pela ausência de diversos dentes, é o menos esforçado. Só corre atrás da bola quando necessário e não tem domínio algum sobre ela. Para sua sorte, não está no time do capitão. Em alguns anos, deve desistir de participar da disputa, o que hoje faz na certa só para estar com os colegas. Na sua equipe, joga o mais alto de todos, também o melhor em campo, articulador da grande maioria das jogadas. Ele dribla excessivamente os adversários, mesmo quando poderia já chutar e até marcar um gol, só pelo prazer de demonstrar técnica. Os outros cinco apenas buscam fazer o melhor que podem naquela conjuntura. Seria impossível prever o futuro daquelas crianças. Se elas mesmas fossem indagadas sobre seus desejos mais profundos, certamente não saberiam responder. Ela para em frente ao alambrado e tenta adivinhar como são e serão aqueles garotos. Vendo-os correrem de um lado para outro, tenta entender o que poderia acontecer para que algum deles um dia se tornasse um suicida.

Entra no 63-A ainda enredada por essas perguntas, quando repara pela primeira vez que o apartamento é alegre, especialmente pela manhã. Apesar dos tons sóbrios, cores mais fortes aqui e ali dão uma dinâmica visual bastante viva, junto às várias plantas que, mesmo através da cortina, podem ser vistas à contraluz, e a detalhes como os ímãs em volta de um adesivo de pinguim na geladeira, as pastilhas na parede da cozinha e potes de tempero com formatos engraçados de pessoas. Todo o apartamento é claro, com paredes e portas brancas, muito iluminado pelo sol matutino. Ao abrir o armário do quarto, inspeciona as roupas de Cássio, mais camisetas que camisas, mais tênis que sapatos, apenas uma calça social diante de diversos jeans e bermudas. Nenhum estilo específico, apenas vestimentas casuais, simples.

Depois de certa hesitação, sabendo-se errada, liga o computador. Há poucos ícones na área de trabalho, cujo fundo de tela é uma foto de Maureen Bisilliat, em preto e branco, em que um índio de roupas puídas, em frente à oca, está de braços abertos, como a receber o vento. A cabeça levantada contrasta com os olhos, melancólicos, fitando o chão de cascalho que se estende até o horizonte, numa paisagem árida. Na pasta de fotos, diversos álbuns, separados por ocasiões, como viagens, festas ou mesmo namoradas. Na quase totalidade das imagens, ele aparece sorrindo. Na maioria, está sozinho. Liga o modem e entra na internet, navegando por todos os endereços marcados como favoritos, onde, além de portais de notícias, a lista é dominada primordialmente por blogs de escritores. E-mail, redes sociais e todos os outros sites que exigem login têm informações e senha salvas e abrem automaticamente. Na caixa de entrada do Gmail, apenas mensagens de trabalho e uma ou outra conversa entre amigos combinando viagens e rapéis na Serra da Cantareira ou em alguma cachoeira. No Facebook, investiga primeiro seu perfil. Não há muitas fotos, nem informações disponíveis sobre ele, e a média de postagens é de uma a cada três dias. Em muitas, compartilhava e comentava fatos políticos. Muito raramente, publicava algum videoclipe ou poema.

Nas mensagens privadas do Messenger, encontra papos sobre bobagens com os amigos, cheios de risadas, e algumas conversas de tom erótico, com diversas mulheres, algumas datadas da mesma época. Apenas um diálogo, dos mais antigos, chama sua atenção, entre ele e Ronaldo Barroso, cuja foto é escura demais, não sendo possível ver se o que está retratado é seu rosto ou sua nuca. Todas as mensagens são de um único dia, há cerca de um ano e meio. Supõe, por não haver recorrência, que se trate de alguém não muito próximo. Ronaldo o aborda questionando sobre um cisto que ele havia tido sem informar a ninguém.

Não contei nem pra família, Cássio responde. Tinha uma possibilidade pequena de ser câncer e eu não queria gerar um alarme falso. Depois que operei e descobri que não era nada, contei só pra quem viu que eu sumi por alguns dias.

Ainda bem que não era nada. Você não devia ter feito isso, estamos aqui pra te apoiar nos momentos difíceis também, Cassião.

Obrigado, querido, mas não gosto de ficar falando dos meus problemas, prefiro resolvê-los sozinho ou, se não tiverem solução, aí é que não tem mesmo por que multiplicar a questão.

Fica bem aí e, se precisar, já sabe!

Obrigado e grande abraço, camarada.

Ela abre a única gaveta e as duas portas dos criados-mudos. Na primeira, bugigangas e pedaços de objetos que devem ter quebrado. Nos compartimentos maiores, pilhas de pastas. Em uma delas, contas de telefone, banco, luz, condomínio, parcelas do financiamento imobiliário, parcelas do financiamento do carro, internet, IPVA, licenciamento, IPTU e cópias do imposto de renda, todas com o comprovante de pagamento grampeado. Descendo a pilha, abre outra, a mais bonita, de couro preto, onde estão documentos de todo tipo, certidão de nascimento, passaporte, certificado de conclusão do colégio, diploma do curso de letras na USP e mais de vinte diferentes fotografias três por quatro, registrando seu rosto ao longo de décadas. Lígia as separa e as guarda na bolsa. Ao retirar o próximo arquivo, de plástico vermelho transparente, descobre uma encadernação em espiral, com capa incolor. No interior, folhas de sulfite com impressão caseira apenas na frente. Na primeira página, apenas duas linhas, próximas uma da outra e centralizadas horizontal e verticalmente. Na primeira se lê, em caixa-alta, "Geografia sentimental de um poeta ridículo". Embaixo, Cássio Piazzolo. Uma breve folheada mostra poemas sem título, escritos em versos centralizados. Sente ter feito uma grande descoberta arqueológica e, em pé, começa a ler a obra que inaugura aquele protótipo de livro.

sobrevivente
a alguns abalos sísmicos
vivendo dentro
e sobre
este veio tímido
fissura aberta
sem alarde nem ruído
habitando
meus próprios interstícios
num istmo
de mim ao mundo
e do mundo a isto
desvão
fora do ritmo
dentro e íntimo
que num lapso
defino
e me define
vácuo contínuo
em que desexisto

Ela se identifica com cada palavra, com o sentimento de solidão descrito pelo poeta. As imagens de afastamento e de insignificância da existência a traduzem precisamente. Vira a página ansiosa pela próxima leitura.

sempre o mesmo erro
o mesmo horizonte estreito
sempre o mesmo desejo
de vereda ao fim do beco
novamente o desjeito
de enganar o desespero
novamente frágil remo
indo contra mar espesso
outra vez o negaceio
quando devia ser inteiro
outra vez o grito seco
na contraface do medo
sempre o mesmo erro
o mesmo engano certeiro
sempre o mesmo erro
errando pior e mais cedo

Em cima de sua própria cama, ela tem uma prateleira só com livros de poesia, aos quais recorre em noites insones e muitas vezes ao acordar. Entre todos os gêneros artísticos, é o que mais a comove. No entanto, ou por isso mesmo, sua exigência é tão grande que são pouquíssimos os versejadores de quem gosta. Em sua biblioteca poética, há muitos títulos de poucos autores. Ao ler aqueles dois primeiros poemas do vizinho, não saberia dizer se têm a qualidade que ela rigorosamente exige de qualquer autor. Sabe apenas que se sente arrebatada por eles, como se descrevessem com precisão a ela mesma. Na página ao lado, contempla o terceiro conjunto de versos.

oco por dentro
pesa o ar
como pastel de vento
vazio no estômago
galhos secos no arvoredo
pedra esfalfada
na areia do chão seco
choro sem água
pra molhar o lenço
sem berço
pra hora do acolhimento
sem amuleto
sem tempo
pra distrair o medo
trazendo a cada dia
um novo pesadelo
de horizonte negro
como pássaros
amarrados no gazebo
com a única certeza
de estar preso
com o único desejo
de que desabe esse céu
de morcegos
do explodir irreversível

dos nervos
ao derradeiro desterro
de si mesmo

Ela não tem dúvidas de que nesses versos está o primeiro indício suicida. No entanto, sente que há ali algo, que não consegue identificar, suficientemente vívido para ser incompatível com a morte. Ouve um barulho próximo à janela, que a assusta. O som se repete algumas vezes, como se algo se mexesse, e ela abre cuidadosamente a veneziana, com medo de ser vista no local, embora aquela parede seja lateral e ela só possa ser notada por alguém que esteja do outro lado da rua. A esquadria está um tanto enferrujada e range ao abrir, levando-a a diminuir a velocidade e aumentar o cuidado. Um pássaro bica a terra da floreira, e ela descobre um gerânio que desconhecia, um pouco murcho, mas com um brilho que acusa um esplendor recente. Observa as duas calçadas, e os poucos pedestres passam apenas olhando o próprio caminho. Crê que ninguém vai notar a diferença da abertura e decide fechar só o vidro, deixando a veneziana aberta. A luz que entra se espalha por quase todo o apartamento e a sala tem sua luminosidade praticamente dobrada, tornando-a ainda mais aconchegante. É possível agora ver na janela a ferrugem comendo o metal e um pouco de limo se formando na parte exterior, onde ele se funde ao concreto. A construção também é viva, ela sempre pensou e confirma mais uma vez. Uma mosca surge de repente e gruda no vidro, querendo sair. Ela o abre, permitindo a fuga do inseto que estava enclausurado havia semanas e, assim como ela, pode ter sido uma testemunha inconsciente do salto. Em volta de si, tornaram-se visíveis pequenos organismos habitando o apartamento, como uma minúscula aranha que tece uma teia um pouco maior do que ela própria no canto à direita da cama, onde duas paredes se encontram com o teto. Agora está muito mais fácil ler a encadernação de poesia, e o sol que incide diagonalmente sobre ela cria um contraste ainda maior com o conteúdo abordado. Seu próprio corpo adquire uma sombra projetada no chão e na parede, e esse sinal visível de sua presença a faz se sentir um pouco menos intrusa, o que a leva a tirar os sapatos e a se deitar na cama para ler, de bruços, como é seu costume, com o livro sobre o travesseiro.

parar e olhar pra trás
quando se fecha um ciclo
assim que o calendário
encerra seu giro
sua volta sobre si
em concluso período
e então voltar a mim
reabrindo o círculo
observar aqui e ali
o que ficou perdido

ou mesmo achado
nos últimos caminhos
colocar na balança
e medir seu quilo
separar a carne
escorrer seu líquido
até deixar que sobre
o sumo genuíno
e sem qualquer surpresa
constatar o vazio
um conjunto tão ralo
de pedaços finos
nacos de vísceras
gordurosos e ínfimos
que mal tecem manhã
que dirá tempos a fio
então olhar pra frente
sob o sol a pino
antevendo o mesmo oco
na rota e nos desvios
em cada nova hora
o mesmo velho abismo

Outro barulho a interrompe, no meio da leitura. Em algum apartamento próximo, devem ter puxado a descarga e agora o movimento da tubulação se faz ouvir por todos os lados. Não há completa solidão num prédio. Fecha os olhos e tenta escutar todos os sons, filtrando os que vêm da rua, já amenizados pelos vidros fechados. Uma furadeira está sendo usada, em algum andar muito acima dali, mas logo para. Aguçando a audição, percebe vozes, passos, portas se abrindo e fechando, elevadores, tudo que se faz presente a quase qualquer hora do dia. Quando descerra as pálpebras, descobre novamente uma mosca, que supõe ser a mesma, grudada na janela, desta vez pelo lado de fora. Abre o vidro para outra vez permitir a passagem. Sabe que, enquanto não deixá-lo permanentemente aberto, o inseto vai solicitar livre acesso, mas não se incomoda com a ideia de desobstruir alguns centímetros quantas vezes forem necessárias. Pelo contrário, escolhe fazê-lo propositadamente, sentindo-se cúmplice da nova amiga. Especula se de fato a mosca já dividiu aquele espaço com Cássio e se ele a havia notado. Retoma o poema e emenda no seguinte.

o dia inteiro
como se acordasse
de um pesadelo
levantando lento
um pé no chinelo
outro no desespero
olhos embaçados
ainda escondendo
o pânico suspenso
o horror à espreita

o escuro fazendo cerco
o hálito de ontem
retardando o tempo
o dia pela frente
impondo um recomeço

Sente sede e vai até a cozinha. Vasculha alguns armários, ainda intocados por suas mãos, até achar um copo, onde despeja a água que encontra numa jarra, na geladeira. Senta-se no sofá e bebe sem pressa. A mosca circula a luminária do teto, e ela novamente perde o olhar na foto da mesa de centro, sem deixar de tomar a água em goles esparsos, que logo acaba, sem matar sua sede. Em posse de uma nova dose, abre a cortina, sem mais se esconder. Da janela, vê sua própria varanda, e tenta imaginar a si mesma fumando no dia da morte do vizinho. No piso do terraço, impossível de se ver do seu, dada a pequena inclinação que os separa, um deque de madeira, formado por peças quadradas encaixadas. Ela mesma cogitou fazer um igual logo que comprou o imóvel, mas acabou optando por porcelanato no apartamento inteiro, o que não excluía a possibilidade de um dia acrescentar a madeira, ideia em que ainda pensava vez ou outra. As plantas estão bastante secas, e ela usa a água que iria beber para regá-las. Quando se vira para ir à cozinha encher outra vez o copo, vê a sala finalmente clara, com o piso de tacos de madeira fosca refratando o sol. Arrepende-se subitamente de ter escolhido piso frio, mas, ao olhar com atenção para os diversos riscos e arranhões dispostos por todo o assoalho, se convence de ter feito a escolha certa, para em seguida novamente desejar o aconchego dos tacos que ela tateia com a ponta dos dedos dos pés descalços e, de modo diferente, numa sensação que se espraia do calcanhar até a região do metatarso, preenchendo o arco-plantar. É mais fácil fazer uma casa para os outros, pensa. Com o copo mais uma vez cheio, senta-se agora na poltrona. A mosca vem em voo rasante do teto e ameaça pousar em seu nariz, mas, antes de qualquer reação, arremete, dando duas voltas completas em torno de sua cabeça e parando próximo à sua orelha, suspensa no ar. O zunido em seu ouvido a leva a espantar o inseto com a mão. Volta ao quarto e ao livro.

sede que não cessa
abscesso que não estanca
visão que cansa
e à revelia se enxerga
terra
em que não se planta
que não se aplaina
deserta
reino de pedra
e lama
pelo qual se dana

se erra

e onde não se acampa

coisa que dilacera

que nenhum bálsamo encerra

sanha

que o vento não leva

sina humana

esta

que nem o tempo amansa

Mal tem tempo de pensar sobre o que acabou de ler e já ouve novamente um ruído sobre o vidro. Levanta-se para abri-lo mais uma vez, liberando a saída da mosca e quando se aproxima, quase instintivamente, a esmaga na janela. Sente um prazer desconhecido em encarar o borrão preto que fica grudado na palma de sua mão. O resíduo já está seco quando ela resolve lavá-lo no banheiro. Lembra-se da aranha e, encontrando-a novamente, sobe na cama com um sapato em mãos. O aracnídeo, até agora parado, percebe que vai ser atacado e se move, rapidamente, tentando sair da teia. Acaba comprimido contra a parede. A marca da sola fica impressa na tinta branca e, recolhendo o cadáver e a teia com as mãos, ela busca um pano na área de serviço e limpa a sujeira.

Puxa da bolsa uma foto três por quatro, das mais recentes. Observa-a atentamente. O rosto não é de uma beleza fácil, nem mesmo para ela, fascinada por tipos exóticos e avessa aos padrões estéticos, mas conclui que é um homem bonito. As sobrancelhas grossas lhe dão um ar rude que encontra eco no vão abrupto entre as maçãs do rosto e o nariz, ao mesmo tempo em que convivem com a delicadeza das orelhas pequenas e dos lábios sutilmente encadeados, o superior um pouco mais protuberante. Admira pela primeira vez aquela face justamente porque é complexa, feita de incongruências e contradições. Os traços másculos convivem com uma feminilidade que lhe confere uma feição frágil. A expressão no olhar é misteriosa, como se ele conseguisse contrair a pupila sem mover a pálpebra. Imagina seu cheiro e procura no armário do banheiro seus perfumes. Todos suaves, amadeirados, e ela supõe que deviam ficar bem em sua pele, na qual não há vestígios de acne. A foto traz data, setembro de 2017, há poucos meses. Ele parece mais novo do que a idade que tinha.

15

No dia seguinte, no banho, quase não escuta o celular tocar, abafado pelo barulho da água. Através do boxe embaçado, consegue enxergar o chamador no visor sobre a pia e, com pressa, desliga o chuveiro, enxuga as mãos e o lado direito do rosto, abre a porta de vidro e atende. Não falava com o doutor Douglas desde que o encontrou na casa dos pais. Na verdade, aquela tinha sido a única ocasião em que tinham conversado, exceto uma vez, quando ainda morava lá, em que atendeu um telefonema dele e repassou ao pai. Ela espera duas possibilidades nesse momento: uma ligação de rotina, para saber se ela se tranquilizou, ou más notícias. Embora ele seja bastante objetivo, antes de chegar ao ponto principal da questão há tempo suficiente para ela reparar no jeito de falar, nas palavras escolhidas e nas entonações. Já não tem o tom formal da primeira vez e a trata agora mais como a filha de um amigo do que como uma cliente, o que a faz rejeitar quase que por completo a pior hipótese. Quando ele diz que o caso está arquivado, ela fica sem fala, e, enquanto pensa no que a notícia pode significar, ele a adverte de todos os pormenores e conclui enfaticamente: acabou, Lígia.

Sem saber como reagir, ela apenas agradece e desliga. Esquece completamente o banho, senta no vaso e fica olhando os azulejos brancos. O telefone toca de novo e desta vez é seu pai. Ela já sabe o que ele vai falar, espera a ligação cair na caixa postal e põe para ouvir assim que aparece na tela o ícone de nova mensagem de voz. Filha, o Douglas me ligou e estamos todos muito felizes, parabéns, diz com um entusiasmo que há muito ela não via. Eu disse que você podia confiar nele e reitero que deve continuar confiando, pois se ele diz que essa história terminou, é porque realmente ficou no passado.

Ela sabe que ele diz isso porque a conhece bem e prevê sua reação. No entanto, dessa vez ela de fato acreditou no advogado. Abre a porta do banheiro para ventilar, mas o ar, parado, não alivia o calor implacável. O espelho sobre a pia está coberto com uma espessa camada de vapor e até o teto está úmido, gotejando em alguns pontos. Liga novamente o chuveiro. Dessa vez, só a torneira fria, girando-a até o limite, para o máximo de pressão. Senta sob ele e fica inerte, recebendo o jato d'água na cabeça. Tem vontade de estar numa cachoeira, jorrando com ainda mais força.

16

Os livros acabam. As histórias, não. Minha primeira decepção literária foi depois que li O apanhador no campo de centeio *(que tinha na biblioteca do Cássio em edição bilíngue), no primeiro ou no segundo ano do que então se chamava colegial. Acho que qualquer pessoa dotada de mínima sensibilidade acaba transformada ao ler esse livro. Eu já sabia antes que não queria viver a minha vida, e então descobri a vida que eu queria, a vida do Holden, dar um pé na bunda da escola, largar tudo, respirar aquela liberdade. Só que eu era covarde demais pra trocar o certo pelo risco. Aquela trajetória invejável era só uma utopia distante que me fascinava. Sou uma pessoa de desejos e pensamentos radicais, mas de ações moderadas.*

Um grande descompasso. Claro que, no final, o Holden volta pra casa. E eu ficava imaginando que depois ele ia cair fora de novo, talvez ainda retornasse mais uma vez à família, e algum dia ele iria embora definitivamente. Perguntei ao professor o que acontecia com ele depois do fim e sua resposta foi laconicamente fatal: nada. Questionei e ele explicou, sem peias: o Holden é um personagem de ficção e, por isso, acaba junto com o livro, não existe nada depois. Na adolescência, nosso mundo é tão instável que qualquer fissura parece abrir um abismo e nos tirar o chão. Assim foi a descoberta de que aquele cara, que eu tanto quis ser, era apenas uma ideia, não uma pessoa. Hoje acho que sua história continua, mesmo que o Salinger não tenha escrito, mesmo que ele nem soubesse como. Assim foi com o Cássio. O livro tinha acabado, mas o personagem continuava. Como no caso do Holden, o que sei do meu vizinho é apenas uma representação. O sujeito real está morto e eu nunca vou conhecê-lo, apesar dos três ou quatro esbarrões que demos. Essa representação irremediavelmente vai deixar um vazio. Mesmo o final da história do Cássio eu só poderia conhecer pelo resumo. E independentemente de quanto eu procurasse saber sobre o fim, ou mesmo o começo e o meio da sua trajetória, as lacunas continuariam pedindo pra eu completá-las, escrevendo-as eu mesma. Enquanto eu mantivesse a caneta na mão, aquele livro nunca acabaria.

17

Lígia estranha quando sua mãe telefona para consultá-la sobre uma viagem no final de semana seguinte. É normal haver alguma comemoração na época do aniversário do pai, mas a família não viaja toda junta há pelo menos dez anos, quando não havia ainda a cunhada e a sobrinha. Antes de emitir alguma palavra à mãe, reflete sobre como deve ser passar quatro dias na companhia de Sílvia, a esposa de seu irmão, por quem sempre nutriu desconfiança e desprezo. Do outro lado da linha, após um período de silêncio maior do que o normal, vem a cobrança de uma resposta. Tá bom, mãe, eu vou.

Depois de aceitar, mais pelo pai do que por vontade, pondera que pode ser bom matar as saudades da casa em Ilhabela, aonde não vai desde a última viagem familiar. Deve ter ainda uma cópia nunca utilizada da chave em alguma gaveta qualquer, dada pelos pais para que ela fosse com quem quisesse, quando quisesse. Voltou à ilha apenas em uma ocasião, há quatro anos, mas ficou hospedada no chalé de uma pousada na praia do Julião. Visitou todos os lugares da infância, com exceção da rua onde passou seus primeiros verões.

Mesmo com tudo agendado para o fim de semana, na quarta-feira, dia em que o pai faz sessenta e oito anos, acontece um encontro numa pizzaria, com amigos e alguns parentes mais ou menos próximos, para que a data não passe em branco. Lígia tinha recusado no dia anterior, não sem antes cogitar aceitar, um convite de Bianca, sua melhor amiga, para também viajar, a qualquer lugar, só as duas ou com amigos. Pensou no pai e no compromisso assumido, algo sagrado para ela. A pizzaria é um tanto brega, com violonista tocando e cantando baixinho no canto do salão e cachoeira com tanque sem peixes no centro, na frente dos banheiros, separada por alguns metros do jardim japonês. Nota que a mãe parece mais empolgada com a expedição do que o aniversariante, alternando freneticamente, para combinar os detalhes, entre a cabeceira próxima ao jardim interno e o meio da mesa, onde estão respectivamente ela e o irmão com filha e esposa. Quer que Lígia escolha entre ir no carro do irmão ou no dos pais, já que três automóveis seriam muito para apenas seis pessoas, e acaba convencida pela filha a inverter os papéis sugeridos e a irem eles no carro dela.

Douglas chega no meio da festa, quando várias pizzas já foram servidas. A entrada do restaurante é próxima ao jardim, e Lígia é a primeira pessoa que encontra. Ela vai cumprimentá-lo com um aperto de mão, mas acaba dando um abraço desajeitado. Os parabéns hoje não são só pro seu pai, ele diz assim que os dois se apartam. É a primeira vez que ele, acostumado a parabenizar clientes quando um caso é ganho, age assim sem sequer ter havido um julgamento. Não acredito que você veio, vai nevar, diz o pai, vendo-o da outra ponta da mesa. Assim que o advogado vai até a cabeceira cumprimentar o aniversariante, Lígia desloca sua cadeira para o centro da mesa, sem notar que a mãe, que cochichava algo para o irmão, muda subitamente de assunto quando a vê se aproximar. Sílvia está bonita, com um vestido cáqui simples que contrasta bem com seu tom de pele e revela seus ombros e o colo dos seios, fartos, onde se derrama um colar estreito de ouro. O estômago de Lígia começa a pesar, e ela sente que comeu mais do que deveria. O papo do pai com o advogado, ouvido à distância, se desenvolve sobre temas banais, como futebol e a família de Douglas. Ela puxa conversa com a cunhada, tateando cautelosamente o assunto, algo suficientemente ameno para não gerar discordância, mas que renda o bastante para não criar nenhum silêncio indesejável. Dividem uma garrafa de vinho e falam sobre as praias de Ilhabela, os progressos da pequena na escola, a ideia do casal de se mudar para outro bairro e a Casa Cor, visitada por Sílvia na semana anterior. O irmão vai até a esposa dizer-lhe algo, mas passa reto quando vê o súbito entrosamento das duas, percebido até pela sobrinha, que, em vez da mãe, procura a avó para brincar.

18

Os pais estão dormindo quando Lígia entra na rua de terra e pedregulhos que contorna a escola de ioga e acaba pouco mais de cem metros adiante, num pequeno descampado cercado por araucárias e eucaliptos, que encobrem os morros longínquos. Antes mesmo de ser possível visualizar o portão escuro de ébano, com dobradiças de ferro comidas pela maresia, ela reduz a velocidade e passa a observar o entorno. Na garagem da casa vizinha, um labrador cheio de pelos brancos acorda com o barulho do carro e grunhe sem se levantar. A seu lado, um maltês com o focinho enfiado no vão das grades late com a virulência de um gigante. Os dois obedecem quando são chamados para dentro pelo dono, e os únicos ruídos perceptíveis, além da engrenagem do carro e do rádio tocando no volume mínimo, são agora os da mata. O nariz, antes congestionado pela rinite, começa a respirar melhor, e um espirro surge, antecedendo outro e acordando a mãe, no banco de trás. Desliga o motor quando chega à frente do muro amarelo, enfeitado na borda e pelos lados com madeira, que separa a propriedade de um pequeno gramado com um arbusto e alguns pedaços de troncos de árvores. As marcas da chuva criaram veios no concreto, traçando linhas verticais pretas e grossas. Os troncos estão carcomidos, e um pedaço, que poderia servir de banco, tem um rombo no meio que quase o cinde em dois. Olha ali, disseram que foi raio, mas eu acho que não, acho que foi cupim, diz a mãe referindo-se ao pedaço de madeira podre. Da casa, apenas o telhado e o final das paredes do andar de cima podem ser vistos dali. Ela desce do carro e, antes de abrir o portão, vai até o pedaço de tronco e o olha verticalmente, a pino. Um formigueiro se formou ali, o que torna improvável a hipótese de o rombo ter sido provocado por cupins, e o buraco é raso demais para ser resultado de um raio. Na cavidade, ao lado da comunidade de formigas, começa a nascer uma planta, que cresce em direção à rachadura diametral. Vai ficar aí o dia todo, filha?, grita a mãe de dentro do carro. Ela se vira para responder e vê que os poucos quilômetros percorridos em estrada de terra levantaram poeira suficiente para cobrir toda a lataria. Já vou, retruca quase inaudível. Roda a chave com dificuldade na fechadura e abre o portão ouvindo um rangido ainda maior que o da infância, que logo se soma ao farfalhar das folhas da palmeira sendo comprimidas contra o muro. Dentro da garagem, Nestor, o barquinho a motor do pai, está agora desmontado e encostado num canto. Tralhas diversas se estendem pelas bordas, deixando ainda mais exíguo o espaço para os carros. Estaciona com cuidado, pensando no vão a deixar para a chegada do irmão.

O gramado principal permanece podado com rigor, assentando os arbustos cortados em formatos cúbicos, por gosto da mãe e à revelia de toda a família. A rede da varanda naturalmente foi substituída. Embora Lígia não lembre como era a antiga, tem certeza de que não era nada semelhante à laranja que agora liga um pilar ao outro. A mesa e as cadeiras de vime parecem intocadas pelo tempo. Ainda há duas samambaias nas extremidades do terraço e um banco comprido quase no centro, ao lado da porta de entrada. Só falta uma sacola no porta-malas, adverte a mãe enquanto passa com o pai carregando malas. Vocês não deviam ter pegado as coisas, eu já ia pegar, diz Lígia voltando à garagem. Retira a derradeira bagagem e checa se não há nada esquecido em algum canto do carro, nos vãos laterais ou embaixo dos bancos. Fecha o veículo e liga o alarme, desativando-o logo em seguida, quando lembra que o portão também fica trancado. Assim que encosta na ardósia da sala os pés que acabaram de se despir dos tênis, sente resfriar seu corpo e pararem as gotículas de suor que começavam a nascer em sua testa.

Achei que tinha sido abduzida no caminho, diz a mãe, refestelada no sofá de couro com os pés nus sobre a mesa de centro. Lígia abre a boca para dizer algo, mas estaca no meio e acaba por só produzir um grunhido quase inaudível. O quê?, pergunta a mãe. A filha, sem palavras, sobe para o quarto. Abre a porta que fica em frente ao final da escada e encontra tudo como décadas atrás. O quarto é simples: cama de casal, criado-mudo, penteadeira e armário embutido. No banheiro anexo, nenhuma novidade, exceto pela ferrugem tomando as bordas do espelho sobre a pia. Ainda está ali o bidê, item que ela lamenta ter entrado em extinção. Coloca no guarda-roupa a sacola e outra maleta que a mãe havia deixado ao lado da porta. O cheiro de mofo é novo. Abre a janela, larga e pesada, e avista os morros que no térreo são encobertos pelas árvores. Reconhece a Cachoeira da Pedra Branca, aonde costumava ir na adolescência quando queria ficar sozinha, levando apenas um baseado, uma garrafa d'água e uma barra de chocolates. Passa uma revoada de pássaros perto da última pousada que antecede os morros, e o horizonte começa a escurecer, prenunciando chuva. Pega um copo de água gelada na cozinha e volta para a sala, deitando-se no outro sofá. Sente-se bem por estar ali. A poltrona, larga e reclinável, é ocupada pelo pai, que descansa com os olhos fechados, talvez dormindo. Baden Powell toca baixinho na vitrola antiga e o ventilador de teto gira o suficiente para evitar o calor. A mãe lê uma revista semanal de notícias enquanto estala os dedos dos pés de tempos em tempos. Lígia se lembra com clareza da última vez que teve um momento como aquele com os pais: foi ali, naquela mesma sala, na última vez que viajaram, pouco antes de ela alugar seu primeiro apartamento. Além da cadeira em que está o pai, há algo bastante diferente no cômodo, que ela não consegue identificar, mesmo depois de se esforçar, analisando cada elemento dos ambientes contíguos. Com a água ainda pela metade, adormece e só acorda com a buzina do irmão. Vai liberar a entrada da garagem, enquanto os pais ainda cochilam. Pensa que antes o pai só devia estar com os olhos fechados, já que, constata agora, seu ronco se agravou bastante com a velhice. Não entende como ela mesma não acordou com o ruído.

Abre o portão esperando encontrar apenas o carro à sua frente e se assusta por um instante com a garota que aguarda por ela em pé no chão batido de terra. A sobrinha mal lhe dá tempo de entender sua presença ali, apartada dos pais, e pula em seu colo, abraçando-a com força. Tiiiiaaaa, diz ela, prolongando as vogais. Que bom passar esses dias com você, lindinha, Lígia responde. Com a menina ainda no colo, termina de liberar a passagem para o irmão.

Vão todos almoçar num restaurante no extremo sul da ilha, unânime favorito da família. Apesar do nome de cidade estadunidense, o cardápio é brasileiro, focado em frutos do mar. O ambiente é quase todo um terraço que se espraia sobre uma vasta faixa de mata densa que, cerca de duzentos metros depois, culmina no mar. Não é possível ver o continente do outro lado, só um infinito de água refratando o sol fraco que já começa a se pôr. Nas mesas, cobrindo a toalha, um papel descartável e grosso, próprio para se desenhar. Há uma caixa com gizes de cera coloridos e, enquanto os outros conversam, Lígia e a sobrinha fazem figuras de todos os tipos. A menina arrisca algumas letras, poucas compreensíveis, que não formam qualquer palavra, e na maior parte do tempo tenta imitar os traços da tia, que compõem, só com o contorno, objetos e animais simples, mas com a precisão de quem coleciona horas sobre a prancheta, fazendo tudo manualmente sempre que possível, mesmo quando há a alternativa do computador. A sobrinha observa admirada para, em seguida, copiar não só o desenho mas também o jeito de Lígia, sua postura, sua expressão, seu olhar compenetrado. A tia elogia suas imitações e propõe que ela mesma invente novas imagens. A cada uma, encoraja a garota a seguir em frente, exalta as parcas qualidades do resultado e mostra como pode melhorar, se pensar no caminho que as linhas fazem. Cada linha conta uma história aqui dentro, diz Lígia, desandando a criar pela primeira vez parábolas lúdicas para explicar como a ponta do lápis, sem sair do papel, vai da orelha do elefante até o rabo e do telhado da casa até a janela. Ela nunca desenhou bem assim, aponta Sílvia, dando uma pausa na conversa para observar as ações da filha.

Lígia e o pai dividem um prato que o cardápio recomenda para dois, enquanto o irmão e sua esposa fazem o mesmo e a mãe pede um prato individual, sabendo-o grande o suficiente para dividir com a neta. Apesar da idade, sempre gostou de comida de criança. Escolhe o mais próximo disso no cardápio, um bife à parmegiana com arroz e fritas. A pequena, que costumeiramente vibra com as batatinhas, apenas dá um sorriso quase indiferente ao pedido e come muito pouco quando o prato chega à mesa, alternando garfadas com girafas, hipopótamos, flores, pessoas e carros feitos com giz de cera. Na volta para casa, em vez de ir no colo da mãe, como na ida, escolhe sentar sobre a tia, adormecendo com o balanço do carro.

Depois de um banho, Lígia deita na rede para ler *Morangos mofados*, de Caio Fernando Abreu. Logo alguém lhe cutuca o ombro.

Vamos brincar de boneca?

De boneca eu não gosto muito, você não tem outra coisa pra gente brincar?

Vem comigo.

Ela puxa Lígia pela mão e em ritmo veloz sobe as escadas em direção ao quarto da direita. Em um canto, entre a cama e a varanda, está um sem-número de brinquedos, que devem ter ocupado pelo menos metade do porta-malas, para os quais a menina olha atenta, ansiosa pela escolha da tia. Não é necessário mais do que um exame rápido para o veredito: Lego. De volta à sala, montam prédios, casas e hospitais de todas as formas possíveis, sempre coloridos, até que ela alega cansaço e, antes de Lígia terminar de guardar as peças, adormece no sofá, profundamente, a ponto de os adultos não precisarem controlar suas exaltações enquanto jogam pôquer, com apostas simbólicas e acompanhados de cerveja. Lígia ainda tenta descobrir o que mudou na sala e, quando pensa em perguntar aos pais, é interrompida por um straight flush, que garante ao irmão a vitória da rodada.

No dia seguinte, após o café da manhã, ela e a cunhada descem juntas pelo gramado até a piscina, enquanto, na sala, a mãe pergunta ao seu filho de onde vem a repentina amizade das duas. O calor está maior do que no dia anterior, e a pele bronzeada de Sílvia, deitada de bruços com o rosto sobre uma toalha, brilha com as gotículas de suor. Seu cabelo escuro longo se espalha pelas costas, compondo um conjunto que é observado da espreguiçadeira ao lado com um novo olhar, que perscruta com admiração cada centímetro do dorso daquele corpo. Sem intenção, Lígia lança mais algumas gotas de água sobre as costas da cunhada quando pula de cabeça na piscina. Emenda o salto num mergulho e emerge já na outra ponta. Sem parar, parte novamente em nado crawl até a parte arredondada que se funde ao deque.

Tá boa a água?, pergunta Sílvia, com a cabeça levantada.

Gelada, mas assim é que é bom. Vem!

Não sei, tá gostoso aqui. Você nada bem!

Sei me virar.

Ela atravessa a piscina mais três vezes completas e volta a se espreguiçar no deque. Sem relógio, sabe que está próximo do meio-dia, porque o sol a pino é impiedoso com a sua pele clara, apesar da alta quantidade de protetor. Se continuar ali, em poucas horas a vermelhidão a cobrirá por inteiro, fazendo sua epiderme arder ao menor sopro do vento. O mormaço provocado pelo ar parado se faz sentir em cada poro. O irmão balança na rede, e os pais novamente descansam na sala. Mesmo a pequena brinca com lentidão, num jogo de quebra-cabeças de vinte peças, das quais encaixou cinco. Sílvia chama a cunhada para dar uma volta, tomar uma cerveja em algum lugar, ver gente, talvez dar um mergulho no mar. Pegam o carro e partem, dessa vez rumo ao norte. Sílvia é quem dirige e liga na primeira estação de rádio que sintoniza, tocando um pop qualquer, líder das paradas de sucesso. Enquanto canta junto, vai aumentando o som gradativamente. Logo chega o refrão, e Lígia começa a também entoar os versos que lembra quase por instinto, sem saber onde já os ouviu. Primeiro canta baixinho, tímida, até ir se soltando e praticamente berrar junto com Sílvia. De repente, sente como se estivesse vivendo um momento da adolescência, com os vidros abertos, o pouco vento gerado pela velocidade do automóvel bagunçando os cabelos e uma música qualquer sendo gritada por duas pessoas que riem sem motivos nas curvas de uma estrada estreita que margeia o oceano. Depois de contornar uma casa que ela considera ofensivamente feia, algo como uma reprodução tosca e reduzida do Parthenon pintada de rosa, ela grita: Para o carro!

O quê?, responde a cunhada abaixando o som.

Encosta ali, por favor.

Sem entender bem o pedido repentino, Sílvia diminui a velocidade, olha pelo retrovisor e, constatando que não vem ninguém, cruza a pista e estaciona num recuo que forma uma espécie de baia, projetada provavelmente com o intuito de ser um mirante, para quem passa poder parar e contemplar a vista privilegiada.

O que aconteceu?

Nada, eu só preciso ver uma coisa.

Lígia desce do carro e vai até a beira da encosta. Há poucos elementos naquela paisagem, apenas o mar e São Sebastião, a quilômetros suficientes para ser impossível reconhecer a cidade. Sabe nomeá-la apenas porque é dessas coisas que nunca mudam e, exceto as pequenas ilhas das Cabras e de Alcatrazes, qualquer pedaço de terra visto de Ilhabela será sempre São Sebastião. O sol está refletido no mar calmo igual a qualquer outra superfície aquática. Mesmo distanciando-se um pouco e vendo a última faixa de solo firme antes da encosta, por trás da qual despontam os topos de algumas árvores que precedem o mar, não há nada naquele campo de visão particularmente marcante. A paisagem diante de Lígia poderia ser facilmente confundida com outra, e, no entanto, ela intui que se trata do mesmo lugar onde foi tirada a foto da mesa de centro de Cássio. O retrato permanece mais claro em sua lembrança do que aquele recuo na estrada, visto tantas vezes na infância, onde agora estão ela, o carro e Sílvia, que observa calada, tentando compreender o catatonismo da cunhada. Lígia começa a andar pelo curto espaço, testando todos os ângulos possíveis de visão. Inclina-se, abaixa, vira a cabeça de lado, até crer que conseguiu obter a mesma perspectiva do fotógrafo. Completa a imagem à sua frente com todos aqueles garotos e garotas em trajes de verão e se convence de que foi ali que a fotografia foi tirada.

Lígia?

Só mais um pouco, responde sem se virar.

Analisa tudo minuciosamente, convicta de que o pedaço de céu que enxerga só pode ser o mesmo que está gravado no papel, ainda que as pouquíssimas nuvens provavelmente estejam diferentes, e de que o reflexo do sol sobreposto pelas marolas só poderia ter o mesmo formato ali. O continente do lado oposto certamente não está igual, com novas casas e galpões, mas o formato das montanhas que o delineiam é para ela exatamente igual ao que viu no apartamento vizinho, ainda que se lembre muito vagamente de detalhe tão específico. Tenta reconstituir o momento registrado em impressão fosca. Especula se algum passante foi parado por eles para fazer as vezes de fotógrafo, se alguém da própria turma acabou assumindo esse papel e não saiu na fotografia ou se a câmera foi colocada sobre um tripé ou qualquer outro objeto e teve o timer acionado por um deles, que logo correu para se juntar aos amigos. Este último modo de fotografar quase nunca dá certo, ela pensa: a câmera cai, a foto sai antes de a pessoa conseguir se ajeitar na pose, alguém pisca na hora errada e pede para repetir o clique...

Lígia, o que você tá fazendo?

Nada. Vamos embora.

Aconteceu alguma coisa?

Não, tá tudo certo.

Tem certeza?

Sim.

Elas entram no carro e, apenas com o som do rádio, que toca de pop inglês a sertanejo universitário, dirigem rumo ao bar. Sílvia olha para Lígia, que força um sorriso e, sem conseguir pensar em nada para falar, acende um cigarro e oferece outro à cunhada. Pela primeira vez em muito tempo, Sílvia fuma, enquanto canta baixinho a letra da música. Numa curva fechada para a esquerda, Lígia aproveita o ângulo e observa o mirante ir diminuindo à distância, até sumir por completo.

19

À noite, todos se sentam a uma mesa do jardim, à beira da piscina. O pai fez quatro caipirinhas de uma cachaça envelhecida em barril de carvalho com carambolas colhidas no jardim. A fruta também está presente no guaraná da mãe, no lugar da usual laranja. Ele conta sobre a viagem que o casal fez à Grécia, três meses antes. Fala sobre os museus, os teatros antigos, o cinema, as artes plásticas e, quando cita a arquitetura, olha para Lígia, esperando que ela traga algum aprofundamento ao assunto, mas a filha permanece indiferente, sentada numa cadeira ligeiramente afastada da mesa, próxima à sobrinha, que brinca de boneca sozinha, depois da recusa da tia em se juntar a ela. Sempre que o pai traça um panorama geral, a mãe intervém acrescentando detalhes precisos e fazendo alguma ponte com a gastronomia do país, pela qual se encantou. Ele também relata os casos curiosos de viagem, os quiproquós de aeroporto e hotéis, as pessoas com quem conversaram e constituíram uma efêmera e superficial amizade. Chegam as duas pizzas que pediram. Lígia come um pedaço e se retira. Deita-se na rede depois de apagar a luz da varanda. A princípio, balança-se com um pé que mantém apoiado no chão, mas logo desiste e o ritmo vai caindo até que a rede e ela ficam inertes.

Lígia, vem cá, grita-lhe a mãe.

Depois. Tô descansando.

A gente queria falar sobre uma coisa importante, filha, enfatiza o pai.

Acreditando que se trata de algum plano para o último dia da viagem e sabendo que se não for logo até o jardim a insistência será pior, ela se levanta. Ao descer os poucos degraus que levam à grama, lembra-se subitamente do mancebo pintado de branco que ficava ao lado da porta de entrada e que agora já não faz mais parte do mobiliário da casa. Constata que se esqueceu de calçar os chinelos assim que pisa no gramado, mas, a despeito da sensação incômoda da terra sujando seus pés, prossegue em direção aos familiares. Senta-se na mesma cadeira de antes, aproximando-a da mesa, e apoia os cotovelos sobre o tampo de madeira.

Filha, nós andamos conversando...

Antes mesmo de o pai terminar a frase, ela já sabe que não se trata de uma banalidade como discutir se vão à praia ou à cachoeira no dia seguinte. A ausência de Sílvia e da pequena certamente não é casual. As conversas sérias da família quase sempre começam com o apoio mútuo entre os pais implícito no sujeito da frase, conjugado no plural. Algumas vezes, como agora, esse coletivo, que sempre teve mais peso linguístico do que real, inclui o irmão.

Diante dos fatos, nós acreditamos que é melhor você passar um tempo...

Um mês ou dois, intervém a mãe.

Morando com a gente, completa o pai.

Vocês só podem estar de brincadeira!

Filha, ele diz enxugando o suor da careca, você não vai sossegar com essa história da investigação. Nós todos sabemos disso, você também sabe. Você não tá bem. Não é seguro você ficar sozinha em casa. Inclusive, a gente acha que você devia procurar ajuda, voltar a fazer terapia...

Você tá errado. Desta vez você tá errado. Eu acredito no Douglas. Eu sei que a investigação foi arquivada. Acabou. Essa história não é mais uma questão pra mim. Foi pra isso que você marcou essa viagem?

A gente achou que seria bom passar uns dias com você, pra ver como você tá reagindo. Ontem você tava bem, todos nós ficamos surpresos, confiantes, mas hoje você tá encastelada de novo.

Encastelada?, ela interrompe. O irmão nota que a perna esquerda dela começa a balançar, involuntariamente.

Você se fecha, fica difícil conversar. E tá óbvio que você não tá bem, Lígia. Fazia muito tempo que você não ficava assim. A última vez foi aos dezoito anos.

Eu cresci, mudei. Eu sou adulta, pai. Sei lidar com os meus problemas. E sei aguentar também as consequências.

Nós não sabemos o que pode acontecer.

Você vai querer me superproteger pra sempre? Por que isso? É uma compensação?

Compensação pelo quê?, pergunta o pai.

Cala a boca, Lígia, ralha o irmão, segurando o braço dela.

Por quando você abandonou a gente!

Você não sabe do que você tá falando, filha, diz a mãe.

O pai se levanta lentamente e, em silêncio, vai para dentro de casa.

Olha o que você fez. Pai! Pai, volta aqui! Você não sabe de porra nenhuma, Lígia.

Isso faz um século e você nunca procurou a gente pra conversar, pra saber nossa versão. Isso é assunto morto, enterrado, e só diz respeito a mim e ao seu pai. Eu perdoei. Não cabe a você julgar ninguém aqui. E você, filho, não devia ter contado pra sua irmã assim, pela metade e sem falar com a gente!

O filho perfeito também falhou?, ela diz erguendo-se bruscamente. No quarto, troca de roupa rapidamente, pega a bolsa, onde há apenas alguns itens essenciais, como a carteira, e sai, sem o celular. Quando cruza o jardim em direção à garagem, a mãe a interpela: Aonde você vai?

Me deixa, ela grita sem se virar.

Deixa ela, mãe.

20

Antes mesmo de abrir os olhos, sabe que acordou porque a cabeça lateja como se tivesse sobre si o peso do mundo. O ouvido zune de forma ininterrupta e aguda. É o único som que ouve além do mar, batendo em pedras próximas e se movimentando em ondas que vêm e vão, em uma repetição sistemática que aumenta seu mal-estar, culminando com um princípio de enjoo. Abre as pálpebras lutando contra a claridade que entra por duas janelas enormes, com cortinas e venezianas estranhamente abertas, proporcionando uma vista privilegiada. Levantando-se um pouco, consegue ver o oceano, ligeiramente turvo depois da chuva da madrugada. Por trás do vidro à esquerda, árvores num aclive de morro cujo fim não é possível divisar. Apesar da bagunça em que se encontra o quarto, a decoração rústica, usando basicamente cimento queimado e madeira, é acolhedora. No ar, ainda recende o incenso que está em cinzas sobre o criado-mudo. Ela tem vontade de sair imediatamente daquele lugar quando olha o homem que dorme a seu lado. Sabe quem é ele e, aos poucos, vai lembrando seu nome e como o conheceu. Recorda a briga com os pais, a ida ao único bar que lhe pareceu razoável depois de rodar pelo centro da cidade, as várias doses de tequila e André, que agora roça o queixo no travesseiro como se tentasse se coçar sem usar as mãos. As costas lisas, com apenas algumas pintas perto do ombro, e a bunda saliente, um pouco mais branca do que o resto da pele alva, antecedem pernas torneadas e de pelos esparsos, também claros. Sua nudez é bela, ela pensa redescobrindo o corpo que repousa sobre os lençóis escorregadios de seda. Do pouco que se lembra da conversa que tiveram, tem clara a memória dele contando que está tentando largar o trabalho na agência de publicidade para se dedicar à banda na qual toca saxofone. Ela riu, compartilhando com entusiasmo o desprezo que ele demonstrava pelo meio publicitário. Riram também dos clientes megalômanos dela e da família de ambos. Ao entrar no quarto, arrancando as roupas dos dois e pressionando-a contra si com força, braço envolto em sua lombar, ele parecia um tanto violento, impressão desfeita logo em seguida, quando, diante da reação dela, diminuiu a força e passou a explorar outras formas de tocá-la. Lígia sente agora mais uma vez a sensação da língua dele percorrendo toda a extensão de sua pele, inclusive a axila, proporcionando-lhe um prazer novo. Tem também gravado em suas papilas o gosto bom dele, de lábios macios e entorno áspero, barba por fazer. Sabe, sem precisar forçar a mente, que no meio do sexo a imagem de Cássio se sobrepôs ao rosto de André e ela desejou o vizinho. Gozou pensando no homem que nunca vai conhecer.

Veste-se tão rápido quanto é possível fazê-lo sem quase movimentar a cabeça, que dói insuportavelmente, e pega papel e caneta na bolsa. Cogita explicar a situação, dizer que gostou dele e que poderia ter sido uma ótima noite se ela não tivesse bebido tanto, se não tivesse brigado com os pais, se não tivesse a cabeça em outro lugar, outra pessoa, enfim, se estivesse ali plena, como ele parecia estar, mas desiste antes da primeira letra. Escreve apenas "DESCULPE!", em letras garrafais, e, com o cuidado de não fazer qualquer ruído, sai do quarto. Na porta da casa, a chave está pendurada na fechadura. Lígia a abre e logo volta atrás, entrando no primeiro banheiro que encontra, onde vomita um líquido amarelo e espesso.

Depois de passar na farmácia para comprar remédios para enjoo e dor de cabeça, volta à casa da família, dirigindo com lentidão pelas ruas não asfaltadas, para minimizar o chacoalho do carro. Estaciona na frente da garagem e entra pelo portão de pedestres. Enquanto todos dormem, entra silenciosamente, faz as malas, enche uma garrafa d'água para levar na viagem e sai, deixando em cima do aparador da sala um bilhete semelhante ao que agora repousa no criado-mudo de André: "Por favor, me desculpem!". Senta no banco do carro e, quando vai dar a partida, chora. Da balsa, vê uma casa que acredita ser aquela em que passou parte da noite e lamenta não ter observado atentamente a fachada quando saía. Decide desligar o celular, pelo menos até chegar a São Paulo.

21

É curioso como, sabe-se lá quando ou onde, criou-se essa solução fácil e aparentemente unânime pra qualquer pessoa que descubra que não alcançou o ideal soberano que nossa sociedade nos impõe, a tal da felicidade. Não é preciso nem mesmo chegar a graus mais drásticos, como os que eu atingi, basta a gente se ver com um tantinho de desesperança e frustração, que logo aparece alguém recomendando terapia. Ouvi esse conselho pelo menos umas duzentas vezes ao longo da minha vida, dado sempre como se fosse algo simples, acessível a todos, antídoto certo pra todo tipo de angústia. Tentei fazer terapia por três vezes, em três linhas de tratamento diferentes. A primeira foi a psicologia humanista, depois da minha segunda tentativa de suicídio. Constatando o óbvio, que eu realmente estava com problemas, decidi buscar apoio psicológico e pra isso pedi ajuda aos meus pais. Eles acabaram me colocando como paciente de um dos melhores amigos do meu pai, que eu via sempre, em festas, jantares e outros encontros informais, na nossa casa ou mesmo na dele. Na época, eu já cantei a bola de que a relação entre nós dois não teria o distanciamento ideal pra esse tipo de trabalho. Já tinha lido alguma coisa a respeito, e, acima de tudo, intuía que aquilo não poderia dar certo. Hoje, diria que é uma tremenda falta de ética um profissional atender alguém tão próximo. Mas como naquele momento eu estava me formando no colégio e ainda não trabalhava, meus pais usaram o velho argumento de que decide quem paga. Não sei qual o acordo financeiro que eles fizeram, mas, por maior que tenha sido o desconto, foi um dos maiores desperdícios de dinheiro que já vi. E de tempo, também. Obviamente eu não me sentia à vontade pra me abrir com ele e ele, por sua vez, era cheio de dedos. Não procurava ir a fundo em nada e sempre tentava levar a discussão pro âmbito familiar, pra então contemporizar pro lado dos meus pais. Chegou ao absurdo de dizer umas máximas como a de que eu devia ser feliz e grata por ter uma família como a minha. Fui naturalmente me calando, e as sessões passaram a ser silêncios insuportáveis entremeados com amenidades, até que pedi pra cancelar o tratamento. Minha segunda incursão nesse universo foi pela psicanálise. Mesmo alguns anos depois da última vez que eu tinha tentado me matar, a vontade de morrer continuava latente em mim. Eu já estava trabalhando e comecei a frequentar uma terapeuta que me indicaram, que era também psiquiatra. O problema é que o lado psiquiatra falava mais alto e, depois de me diagnosticar com depressão já na segunda consulta, ela passou a tentar resolver tudo com remédios, dando pouco espaço à conversa e à compreensão do que se passava comigo. Em pouco tempo, transitei por três antidepressivos diferentes, sem conseguir me adaptar a nenhum deles. Um não surtia efeito, outro me deixava ainda mais deprimida e o último, que tomei em combinação com ansiolítico, tirou minha libido e me deixou completamente grogue. Onde eu sentasse, logo adormecia. O divã era sonífero certeiro, e cheguei até mesmo a dormir em pé no ônibus, segurando na barra de ferro. Fiquei nesse tratamento por pouco mais de seis meses. A última tentativa foi com terapia comportamental, também conhecida pelo nome horroroso de behaviorismo. Fui pra minha primeira consulta com medo. Eu já tinha lido por conta própria um tanto de Freud, Jung, Lacan e até Reich. Tentei fazer uma disciplina no curso de psicologia da USP como ouvinte, mas não fui aceita pela professora. Vinha me interessando cada vez mais pela área, apesar do receio quanto à terapia em si. O consultório ficava não muito longe da minha casa e, no dia da sessão, decidi de última hora ir a pé. O problema é que eu não olhei a previsão do tempo, saí sem guarda-chuva e no meio do caminho começou a cair um temporal desses de inundar a cidade. Consegui alcançar uma marquise e me protegi embaixo dela pra esperar a chuva diminuir. Enquanto isso, com todos os aplicativos de transporte congestionados, tentei parar os poucos táxis que passavam na rua, sem sucesso. Segui adiante mesmo sob aquele dilúvio e, a umas três quadras de chegar, enfiei meu pé numa poça inacreditavelmente grande, encharcando meu tênis e minha meia. Entrei na consulta completamente mal-humorada, quase arrastando meu pé empapado.

Tenho que ser sincera com você. Eu não sei se acredito em terapia.

E por que você tá aqui?, ela rebateu sem parecer ofendida.

Porque eu tô mal pra caralho.

E desatei a falar tudo que estava acontecendo comigo e que vinha acontecendo desde sempre. Ela sorria. Um sorriso pequeno, fixo, desses protocolares, que ficava mais impróprio e macabro conforme eu avançava no relato. Fui desfiando o rosário da minha vida enquanto ela continuava ostentando aquele sorriso programado. Eu contando que tinha enfiado um carro no poste e ela ali, me olhando como se eu estivesse escolhendo um sabor de sorvete. Pra piorar, ela não dizia nada, só concordava com a cabeça ou, vez em quando, balbuciava um hum hum, pra eu saber que ela estava ouvindo. Lá pelo décimo hum hum, comecei, não sei se consciente ou inconscientemente, a pesar a narrativa, a escolher palavras mais duras, testando até onde ia a frieza dela. Ela seguia impávida, sem mexer nenhum músculo, até que, sem desfazer o sorriso, seus olhos se encheram de lágrimas. Ela pediu licença e saiu da sala. Voltou pouco tempo depois com a cara visivelmente lavada, pediu desculpas e mais uma vez sentou pra me ouvir. Amenizei as palavras e segui contando minha história, como se nada tivesse acontecido. Ela já não sorria mais, mas mantinha o silêncio entremeado por alguns hum hum. Acabou a consulta, e eu nunca mais voltei. Ela ainda me ligou umas duas vezes. Fiz questão de não atender e de nunca mais colocar os pés numa sessão de terapia.

22

A campainha toca, sobrepondo-se à música indiana que toca nas caixas acopladas ao computador. Ela se assusta, saindo do estado de concentração que há muito não obtinha e que só foi possível por ter, no dia anterior, voltado a praticar ioga por conta própria. Comprou um colchonete azul e buscou num livro antigo algumas posições e métodos de respiração que havia esquecido. Fazia tempo também que não queimava incenso, fundamental para propiciar, com a ambientação sonora, a imersão necessária. Enquanto ela se levanta para desligar o som, a campainha toca novamente, e ela estranha a insistência. Sem amigos no prédio, só os porteiros e o zelador batem à sua porta sem serem anunciados pelo interfone, nunca mais de uma vez. Vê o rosto do irmão deformado pelo olho mágico, cabeça voltada para o chão e pernas em prontidão para dar um passo, a esquerda à frente. Assim que ela vira a chave na fechadura e abaixa a maçaneta, ele força com o braço a abertura completa da entrada. Anda a passos rápidos até o sofá e senta-se numa das pontas, voltado em direção à outra, como se esperasse que ela se sentasse ali. Músculos retesados, ela fecha a porta, senta-se na poltrona em frente e, quando faz menção de falar, no intento de oferecer uma bebida a ele, único protocolo social que lhe ocorre no momento, é interrompida com severidade.

Você é uma criança mimada.

Ele espera alguma reação. Ela não esboça nada, nem desvia o olhar. Sua palidez e a testa crispada se mantêm impassíveis desde que ele entrou. Mesmo no silêncio da sala, a única respiração que se ouve é a dele, ofegante e ritmada. Ela não move um membro.

Você acha que é simples, né? Fala um monte de merda, some por uma noite, deixa um bilhete lacônico, volta pra São Paulo e acha que vai ficar tudo bem?

Você tá certo.

A objetividade da resposta o surpreende, e ele pensa por um instante em mudar o discurso que vinha fazendo, mas retoma a lógica e prossegue.

Você não pode envolver outras pessoas num problema seu e de repente fugir, sem mais nem menos.

Na última vez, pelo que eu lembro, você enfiou um carro no poste.

Você tá certo.

Ela então começa a tirar um pequeno pedaço da cutícula com a mão oposta, sem desviar o olhar. O celular dele toca brevemente, acusando nova mensagem, e ele pega o aparelho para tirar o som, devolvendo-o ao bolso.

Você não sabe de merda nenhuma daquela história. Eu te contei num momento de desabafo, queria compartilhar porque me angustiava, porque eu queria parar de remoer essa questão, justamente pra não julgar ninguém. Foi a mamãe que pôs ele pra fora de casa quando soube da outra, não foi ele que saiu. E, em todo o tempo que ficou fora, ele nunca deixou de cumprir as obrigações de pai. Continuou sendo o mesmo pai de sempre, levando a gente pra passear no fim de semana, vendo a gente tanto quanto possível. Você não lembra, não tem como lembrar, você era muito pequena, mas eu lembro. Ele tava lá. Sempre. Você pode achar que o cara fez merda, ok, direito seu. Só não pode usar uma informação pela metade pra machucar outras pessoas, inclusive a mamãe. Achei que você não tivesse ligado pra essa história, porque você nunca me perguntou nada, nunca mais tocou no assunto. E, sinceramente, acho no mínimo estranho esse julgamento vindo de você. Porra, isso é problema deles. Ele reconhece que errou. Eles se acertaram depois e ficou tudo bem. Você devia ficar feliz por isso. Sabe, eu acho que eles se amam. Pode ser ingenuidade minha, mas eu realmente acho que eles se amam.

Você tá certo.

Ele acende um cigarro, e só então ela se sente à vontade para fazer o mesmo, usando o isqueiro que ele pegou sobre o tampo de vidro da mesa de centro e depois devolveu ao mesmo lugar. As fumaças que saem do filtro branco, dela, e do marrom, dele, sobem e se espalham pela sala, amalgamando-se com o incenso, numa neblina espessa que pouco se move no mormaço da tarde. Ambos seguem essa trajetória com o olhar e se demoram flertando a névoa. Ela sorri. É a primeira vez que esboça alguma reação facial desde que ele entrou. Dão a última tragada ao mesmo tempo e, também juntos, apagam a bituca no cinzeiro.

Lígia, você me chamou pra te socorrer quando você saiu surtada da delegacia. Você pediu pro papai falar com o Douglas pra te ajudar naquela história. Você envolveu todos nós nisso. Se você não queria as consequências, não fizesse isso, resolvesse tudo sozinha.

Você tá certo.

Ele abre um botão da camisa. Ela se vira o suficiente para alcançar o interruptor atrás de si, que aciona o ventilador de teto. O incenso já queimou inteiro, e a fumaça acumulada começa a dispersar. O plástico que embalava o maço de cigarros dela, deixado ao lado do cinzeiro, voa para baixo do sofá sem que nenhum dos dois tente pegá-lo.

No mais, é ingratidão e incoerência da sua parte. Você não era obrigada a passar um tempo morando com eles, bastava dizer não. Tudo isso é só preocupação com você. Sabe, eu não precisava ter que dizer isso, te falar que isso tudo é só porque, porra, a gente te ama. E sabe qual o pior? Quem mais sofre com isso é você. Sempre, em qualquer situação, você acaba arranjando motivos pra fazer você mesma sofrer. Você não percebe esse autoflagelo? Deixa o passado no passado. Para de viver tropeçando nos seus mortos!

Você tá certo.

23

Ela sai de uma reunião com um cliente na Vila Romana um pouco mais tarde do que o planejado, no momento em que todas as ruas de todos os bairros estão paradas pelo trânsito. Preocupada com os prazos que pela primeira vez em sua carreira estão atrasados, cogita diminuir o número de projetos aceitos, mas pensa nas contas a pagar e nas consequências de uma recusa em massa e logo muda de ideia, decidindo manter o fluxo assumido há anos e que até recentemente vinha sendo cumprido de forma exemplar, rendendo-lhe elogios e a indicação a um prêmio regional, vencido pelo dono de um grande escritório da cidade. É raro ela estar na rua às seis da tarde, justamente porque o movimento é infernal, com buzinas, sirenes insistentes, filas quilométricas de carros, motoristas impacientes e motoboys tentando contrariar as leis da física. Um deles quase atropela uma mulher ao lado de Lígia, assim que o sinal fecha e ela dá um passo para atravessar a rua. O motoqueiro surge por trás de um caminhão-pipa, costurando os automóveis em alta velocidade, só percebendo que o farol fechou quando vê a mulher, a uma distância insuficiente para conseguir parar antes do meio da faixa de pedestres. O atropelamento só não acontece porque ela o vê a tempo e retrocede em direção à calçada.

Desculpa, moça, eu não tinha visto você, ele diz com a voz abafada pelo capacete assim que retoma o equilíbrio, depois de quase cair no chão.

A mulher segue assustada seu caminho, e Lígia vai fazer hora no shopping a três quadras dali. Aproveita para comprar duas calças de que está precisando há algum tempo, em substituição a uma que já começa a desbotar e a outra que, desgastada pelo uso, acabou por rasgar no cós. Detesta fazer compras e só adquire roupas novas em casos de extrema necessidade, uma ou duas vezes por ano. Espera acumular diversos itens na lista do que precisa e, para se livrar rapidamente da tarefa, entra na primeira loja que lhe parece razoável e compra tudo de uma vez, sem pensar muito. Quando chega em casa, joga as aquisições no armário e, conforme vai estreando cada peça, descobre que ao menos um terço do que comprou não lhe cai bem, acabando aposentado no fundo de uma prateleira até o fim do ano, quando junta tudo e doa a alguma instituição. Nos primeiros anos morando sozinha, sua mãe, tendo reparado nisso, chegava com roupas de todo tipo, que invariavelmente eram muito mais acertadas do que as que ela própria comprava. Com o tempo, foi deixando de fazê-lo, para tentar, em vão, estimular a filha a mudar seus hábitos de consumo.

Lígia detesta shoppings e, ao sair da loja, vai direto a um café mais reservado que fica no subsolo, numa reentrância onde poucas pessoas passam. Ainda pensa no episódio da moto enquanto toma um cappuccino com croissant, lendo o caderno de cultura do jornal disponibilizado para os clientes. Nota, mas tenta disfarçar, um homem em pé, fora da cafeteria, que a observa fixamente. Ele veste roupa social, sem paletó ou gravata, cabelos castanhos ondulados, olhos azuis. Olhando de soslaio, ela não consegue vê-lo com clareza, mas percebe sua presença constante e, quando esconde o rosto com o jornal, sente-se ridiculamente parte de um filme de perseguição, abaixando-o logo em seguida. Ele vem em sua direção e, como forma de se proteger de alguma eventualidade, ela chama o garçom, que, entregando outro pedido, lhe faz um sinal para que espere.

Lígia?

Ela se tranquiliza ao perceber que se trata de algum conhecido, para em seguida ser tomada pela preocupação de não fazer a menor ideia de quem seja aquele rapaz que parece genuinamente feliz em vê-la.

Eu mudei mais que você.

Ela analisa mais um pouco o rosto à sua frente e, de repente, nada parece ter mudado. As covinhas que se formam no canto dos lábios são as mesmas, assim como o cabelo, fazendo um arco que invade suavemente a testa para em seguida voltar à parte superior da cabeça, e a barba, com uma pequena falha na bochecha direita, que ela apostou erroneamente que se fecharia com o tempo. O olho azul com raios castanhos, sob sobrancelhas grossas separadas por um vão muito pequeno acima do nariz, é particularmente inconfundível. Continua lindo, ela pensa. Quando ele vai dizer seu nome, ela o interrompe.

Bruno!

Me reconheceu, ele retruca satisfeito. Posso sentar?

Claro, claro, ela diz recolhendo o jornal da outra cadeira.

Que bom te ver! Como você tá? Nossa, eu não sei nada da sua vida, só sei que você virou arquiteta, alguém me disse. Eu vi seu irmão outro dia. Outro dia é modo de dizer, já deve fazer uns dois ou três anos. Você não tem mais contato com o pessoal, né?

Só através dele e muito pouco. Também tô feliz de te ver.

Você tá linda! Pô, é um absurdo não ser seu amigo nem no Facebook. Ou você é dessas que não têm Facebook? Combinaria com você.

Tenho, sim.

Ela ri. Ele também, mas menos.

Me passa seu telefone? Eu tô com um pouco de pressa agora, mas vamos marcar alguma coisa? Não é todo dia que a gente encontra a primeira namorada da nossa vida!

24

Abre a porta um pouco tonta por causa das caipirinhas que tomou no bar, com Bianca e outros amigos da faculdade. Está de salto alto, o que é raro, e o retira com grande alívio assim que tranca a fechadura. Antes de acender a luz, se locomove no escuro. Vai até cada objeto impossível de ser reconhecido na penumbra e, só depois de tentar adivinhar, encosta a mão. Quase sempre acerta. Tenta lembrar as cores, estampas e texturas de tudo, especialmente da foto no porta-retratos da mesa de centro. Só então aperta os botões de algumas luminárias, gerando uma iluminação indireta na sala e no quarto. Seus pés ainda doem e, sob o feixe produzido pelo abajur ao lado do sofá, nota uma bolha no dedão esquerdo e a sujeira que rapidamente se acumulou em suas solas. Partículas de poeira espalhadas pelo ar tornam possível ver não apenas a incidência da luz no chão, mas também o desenho de seu caminho da fonte até o piso. Efeito Tyndall é o nome disso, ela lembra de repente, dando início a uma sequência de recordações remotas e fragmentadas das aulas de química. Como estará aquele professor que se fazia de mal-humorado, mas na verdade era dócil e gentil?, ela se pergunta. Nicolau! Gordo e rosado, com cara de alemão, nome e sobrenome russos, mas nascido na China, num erro de cálculo de seus pais durante uma viagem a um templo budista. Um sujeito improvável. Nicolau... Tenta cavar na memória seu sobrenome, mas nada lhe ocorre, além do final óbvio em évski.

Acende o lustre da sala de estar para enxergar melhor a sujeira, e agora é possível ver novelos de pó se formando junto aos rodapés, embaixo do sofá e em volta dos pés das mesas de jantar e centro. Pega o aspirador na área de serviço e começa a sugar o piso de todo o apartamento. Quando acaba, sente nos calcanhares que ainda há inúmeros resíduos espalhados pelo chão e decide passar um pano úmido para tirar o grosso. Antes de esfregar o pano, envolto no rodo, coloca um CD dos Libertines no estéreo da sala e, durante a faxina improvisada, canta junto os poucos versos que conhece e amplifica os movimentos da limpeza realizando uma quase dança, sob o ritmo da canção. Troca o lixo da cozinha, que, embora quase vazio, já exala um cheiro agridoce, e aproveita para regar as plantas. Após alguns minutos, está suando na testa e nas axilas.

Sai do banho enrolada numa toalha que achou no armário da pia e na qual ainda está represado um cheiro bom de amaciante. Sua blusa continua umedecida pelo suor, e ela resolve procurar depois alguma roupa dele, enquanto se deita na cama e confere as mensagens recebidas no celular. Algumas notificações do Facebook e três lembretes do WhatsApp, que decide ignorar. Ao tirar o travesseiro esquerdo, para empilhar sobre o outro, descobre escondido um pijama, formado por uma calça de moletom desbotada e uma camiseta puída, que experimenta no seu corpo. Muito maior do que o seu tamanho, a roupa veste-a confortavelmente. Na gola, é possível sentir um perfume amadeirado, que ela imediatamente reconhece entre os que havia encontrado no banheiro dele. Volta aos frascos com a intenção de cheirar cada um, mas para logo no primeiro, ao identificar seu aroma, igual ao que agora cobre seu próprio corpo.

Assa metade de uma pizza portuguesa que encontra no congelador. A massa rançosa só desce bem por causa da lata de guaraná que ainda estava intocada na geladeira. Come sentada no sofá, assistindo a um programa de entrevistas. O convidado daquele bloco é um cineasta que, em poucos minutos e à revelia da verborragia do apresentador, consegue dizer mais do que diz em seu recente filme polêmico. Quando entra o comercial, desliga o aparelho, deixando de lado um pedaço da massa coberta com meia dúzia de pedaços de presunto e raspas esparsas de muçarela sobre um molho de tomate insosso.

Na gaveta do rack da sala, descobre uma agenda, um caderno e um álbum de fotos. O diário, do ano passado, só traz compromissos marcados, entre aulas e reuniões, com raras menções a necessidades cotidianas, como renovar passaporte ou ir buscar a impressora no conserto. No caderno, não há imagens, apenas textos, trechos de contos, pensamentos curtos ou longos, excertos filosóficos, poemas, letras de canções e aforismos. Alguns não têm autoria citada, e a princípio ela crê serem dele, até reconhecer alguns versos de Angélica de Freitas sem crédito. Na última página, um poema de Fabrício Corsaletti.

LÍGIA E OS IDIOTAS

naquela época eu vivia cercado de idiotas
para onde olhasse enxergava idiotas
no espelho flagrava um perfeito idiota
a multidão do colégio era um desfile de idiotas
Lígia não era idiota
nunca fui seu amigo porque acabei me aproximando
[de idiotas
e fiquei mais idiota
e Lígia não gostava de idiotas

hoje sei que existem muitas Lígias no mundo
mas sei também que existem idiotas
e por mais que eu tente me dizer que essas coisas andam
[juntas
que dentro de cada um existe uma Lígia e um idiota
aprendi que é preciso ficar perto de Lígia
e longe dos idiotas

Embora tenha lido alguma coisa de Corsaletti, ela desconhecia esse poema, que não apenas traz seu nome como também reflete o que ela sempre pensou sobre sua relação com os outros. Percebe que não há casuísmo na escolha dos escritos que integram aquelas páginas. Todos trazem uma visão de mundo, senão igual, bastante semelhante à sua. Anota os versos na sua própria agenda e vai devolver o caderno à gaveta, mas acaba guardando-o na bolsa. Aproveita também para levar o álbum de fotos e mais um livro de Cássio. No quarto menor, escolhe, entre os volumes empilhados nas bordas das prateleiras, *Histórias por trás da porta*, de Ronaldo Barroso. São três da manhã e ela boceja, sentindo seu corpo cansado, as pálpebras pesadas e as panturrilhas doloridas por causa do salto. Ao afastar a colcha e se ajeitar sob o lençol, descobre que a cama é mais macia que a sua. A pequena cavidade formada por seu corpo no colchão lhe proporciona uma sensação de acolhimento, que a faz ignorar as contraindicações desse tipo de leito para quem tem propensão a hérnia de disco.

As fotos são antigas e o álbum mais ainda, do tipo livro, que ela apoia sobre seu abdômen, observando com calma cada imagem. Os retratos abarcam toda a vida de Cássio, ou quase, indo desde um registro no colo da mãe ainda na maternidade até a idade adulta. Muitos são familiares, mas a presença dos parentes rareiam no decorrer das páginas, que seguem uma ordem rigorosamente cronológica. Em todos, sorrisos largos, olhares vívidos e compenetrados para a câmera. No único em que não mira o fotógrafo, ele observa uma mulher a quem está abraçado, à qual devota concentração ainda maior do que nos outros retratos. A mão sobre o ombro da garota a envolve num abraço que não é meramente posado para a câmera. Ela tenta imaginar o cheiro do perfume fixado nele, agora impregnado no pijama, junto ao cheiro próprio da pele, como descreveu Ana Paula. A imagem da garota da fotografia surge para ela numa cena de sexo com Cássio e se mistura a outra, dele transando com Ana Paula, não como se elas estivessem no mesmo local, mas como se ele, ao mesmo tempo, estivesse em lugares diferentes com as duas, mordendo demoradamente o pescoço de uma enquanto lambe a barriga da outra, penetrando as duas, olho no olho. Lígia põe a mão por dentro de sua calcinha, já molhada, e começa a se tocar num ritmo que cresce vertiginosamente. Demora pouco para atingir o orgasmo e, ainda gozando, fecha os olhos e adormece.

25

Aprendi desde muito cedo que a vertigem não é causada pelo medo de altura, mas pelo medo de pular. Com o tempo, descobri a insuficiência dessa definição. Acho que seria mais preciso dizer que se trata do medo de sentir desejo pelo salto. Esse, como muitos outros desejos, está dentro de cada um, latente, só esperando que as portas sejam abertas. Eu já tinha aberto as minhas muitas vezes e, invariavelmente quando as fechava, mesmo em terra, sentia vertigens. Desde que soube do suicídio do Cássio, voltei a flertar com a morte, sentando duas ou três vezes no parapeito da minha varanda. A primeira delas foi quando despertei um tanto desnorteada por volta das quatro da manhã. Perder o sono no meio da noite sem conseguir reencontrá-lo nunca foi comum. Pra falar a verdade, não me lembro de isso ter acontecido qualquer outra vez. Rolei na cama, tentando de todas as formas voltar aos sonhos e, embora me sentisse confortável e tivesse conseguido domar todos os pensamentos inquietantes, foi em vão. Não sei quando veio a ideia, mas, assim que me levantei, fui direto ao terraço. Sentada ali, sem nada na minha frente a não ser o vazio, eu estava confrontada pela primeira vez com o gigantismo da metrópole, sem qualquer barreira e do alto, ainda que apenas do sétimo andar. Algumas coisas só podiam ser vistas daquele ângulo. Esticando o pescoço e me colocando ainda mais no desequilíbrio diante do abismo que se abria abaixo de mim, conseguia me desvencilhar do prédio da esquerda, do outro lado da rua, e enxergar um pedaço da Augusta, a rua mais iluminada e movimentada àquela hora. Conseguia distinguir os punks bêbados já sem rumo, os baladeiros animados buscando outros lugares pra prolongar a noite sem fim, os solitários que vagam em busca de alguma alternativa. Também podia ver sem precisar inclinar a cabeça a parede lateral que encampa o quarto do meio e termina na varanda, mirando-a de frente, olho reto, com seus veios horizontais caminhando pro ponto de fuga no horizonte. O bloco A do condomínio era a referência concreta mais próxima quando eu olhava pra frente, parecia estar quase ao alcance das mãos. Olhando pra baixo, minhas pernas pendentes acompanhavam o contorno trapezoidal do prédio, como se eu fosse parte dele, concreto, matéria urbana, engrenagem, e o vento vinha por todos os lados, cobrindo quase minha superfície inteira. Me esgueirando de novo, também conseguia vislumbrar algo do lado direito que não era visível de trás do parapeito e que demorei a entender que se tratava da faculdade do quarteirão de trás, uma Uniqualquercoisa, apagada e vazia, descaracterizada. Observando os prédios em volta, via alguns apartamentos acesos. Em apenas um notei uma pessoa, parada na janela, com movimentos repetitivos, provavelmente fumando, também absorta na vida noturna diante de si. Eu tentava adivinhar o que acontecia em cada um daqueles pontos iluminados. A cidade é fascinante à noite. As silhuetas, os contrastes, os mistérios da sombra, tudo que o dia nubla aparece em sua magnitude depois que o sol se põe. Eu sabia que naquele momento mil possibilidades estavam sendo experimentadas nos lugares que eu observava: drogas, sexo, prazeres insuspeitos, sadismo, violência, música, torpor. E a impossibilidade de estar em todos eles ao mesmo tempo me dava uma agonia crescente, como se toda aquela beleza arrebatadora me escapasse por entre os dedos, incapturável. A melhor forma, senão a única, de desfrutar plenamente daquela metrópole era me jogar, literalmente, de cara nela, ir ao seu encontro total. Parada ali, excluída de todos os acontecimentos indesvendáveis que me impactavam, a solidão parecia querer me tragar, a cidade tentava me engolir. Senti uma saudade funda do Cássio, uma saudade que não era plausível, mas era real.

Acho que foi na segunda vez que sentei naquele parapeito que me lembrei do seu Jeremias. Foi o primeiro contato que recordo ter tido com o suicídio, quando eu tinha treze ou catorze anos. Ele morava três casas à direita da nossa, do lado dos Fernandes, e era o velhinho mais adorado do bairro, do tipo que bate de repente na porta com um pedaço de bolo ainda quente, que acabou de fazer. Ele distribuía chocolates pras crianças e adolescentes, dizendo sempre que era pra comer escondido e que não podíamos contar pros nossos pais. Não sei como a gente aceitava, como não pensávamos que um velho dando algo escondido pra garotinhas e garotinhos poderia significar qualquer coisa ruim. Mas, por alguma razão, não tínhamos esse tipo de desconfiança. E, de fato, não havia nenhuma maldade no gesto dele. Pelo contrário, era uma brincadeira. Ele sabia que todos nós, ou ao menos a maioria de nós, não precisávamos esconder isso dos pais. A gente tentava dizer que não tinha problema, mas ele imediatamente interrompia, com o dedo indicador cruzando os lábios e em voz baixa: Shhhhhh! Às vezes, dizia que era um segredo de guerra e piscava o olho. Alguns achavam ele meio doido, mas eu sabia que era só um jogo, pra gerar alguma empatia entre gerações tão distantes. Já fazia um tempo que ele mal aparecia pela rua quando se enforcou na árvore do quintal. Foi uma comoção enorme no bairro, mais de uma semana de tristeza, de luto mesmo, as pessoas recolhidas em casa, ninguém brincando na rua. Me disseram que ele se matou pra não dar trabalho pros filhos, porque estava ficando doente e esquecendo as coisas. Um dia ele esqueceu onde morava e ficou perdido no mercado, acho que foi depois desse dia que ele parou de sair. Os filhos ficaram indignados. Estavam dispostos a cuidar dele, fosse como fosse. A mãe deles tinha morrido fazia alguns anos. Os vizinhos assentiram em silêncio com a mágoa dos órfãos. Sim, eu ouvi alguém chamá-los assim, de órfãos, com bastante pesar, com pena mesmo, e achei uma tolice dizer isso de pessoas que já tinham por volta de cinquenta anos. Depois disseram que o seu Jeremias tinha se enroscado com uma moça que fazia faxina na casa do quarteirão de trás e que ela tinha terminado com ele. Quer dizer, não era moça, disseram que ela tinha a idade dos filhos dele, mas, se tinha, pra ele com certeza era uma garota. Quem contou tudo isso foi o seu Acácio, da avícola, mas ninguém acreditou muito, porque, além de o seu Acácio ser muito fofoqueiro, num bairro como aquele seria quase impossível uma coisa dessas acontecer sem que todos ficassem sabendo já no dia seguinte. Pelo que sei, ninguém foi procurar a mulher pra investigar a história. Eu não acreditei mesmo, acreditei na primeira versão. Ativo do jeito que era, vivendo pra cá e pra lá, com certeza ele não ia aguentar não poder mais sair de casa, esquecendo o próprio endereço e caminhando pra invalidez. Eu achei um ato de coragem, de generosidade até. Ele quis, foi lá e fez. Assim como o Cássio. Por isso acho que, se fosse pra eu também dar cabo da minha vida, já teria dado. No entanto, não consigo parar essas vertigens.

26

No sábado, ela já se esqueceu da breve conversa com Bruno, acreditando que, como em todo reencontro tardio, a ideia dele era mais movida pelo calor do momento e no fim ficaria por isso mesmo, talvez uma mensagem no réveillon e uma ou outra palavra trocada ao longo do ano. Mas o telefone toca, com um convite para jantar. Ele fica de buscá-la em casa, hábito ao qual ela francamente se desacostumou.

No fim da tarde, depois de terminar o desenho de um banheiro que havia ficado pendente desde o dia anterior, arruma a casa pensando na possibilidade de retomar o contato com pessoas esquecidas ao longo do tempo, seja para um chope ou mesmo uma conversa telefônica, mas deixa para o dia seguinte o plano de procurar no Facebook aqueles que de alguma forma foram ou ainda são importantes para ela, evitando os desafetos e outros de quem sempre manteve distância estratégica.

Ele faz uma pequena surpresa, levando-a ao restaurante mais frequentado por eles quando estavam juntos, aonde nenhum dos dois voltou depois. O lugar está bastante vazio para uma noite de sábado, com apenas um terço das mesas ocupado. Não se sabe se a falta de pintura, as toalhas com a costura se desfazendo nas bordas e a mesa um pouco bamba são as causas ou as consequências da frequência baixa. Servindo a mesa ao lado está Sebastião, o mesmo garçom que costumava atendê-los quase vinte anos atrás, agora com cabelos brancos e muito mais escassos, dando espaço a um pequeno círculo completamente calvo no cocuruto, compensado com novas e fartas costeletas, emoldurando a mesma cara risonha e o persistente cacoete nos olhos. Eles não se acusam e o velho Sebá não os reconhece quando anota o pedido – o mesmo prato que costumavam escolher na adolescência –, embora Bruno o trate pelo nome, por impulso e também pelo carinho que sempre devotou àquele que ambos chamavam de melhor garçom do mundo. As bebidas chegam rápido e, após uma breve atualização sobre suas vidas, eles falam da época do colégio, relembram os colegas, os professores e seus temperamentos.

Lembra o Nicolau, de química?, ela pergunta. Qual o sobrenome dele?

Não lembro o sobrenome, ele responde. Lembro só o nome do meio, Arthurovich, que significa filho de Artur. Nicolau Arthurovich.

Recordam também o professor de matemática, famoso pela aula maçante e meramente expositiva. Antes detestado por todos da escola, acabou adorado por alguns depois de ser visto no bar tocando bateria incontestavelmente bem. No intervalo da apresentação, já bêbado, sentou-se à mesa com eles, conversou sobre assuntos diversos e os fez rir de piadas justamente sobre professores. Os alunos concluíram que ele só poderia ser um músico frustrado por ter que estar às oito da manhã trancado numa sala de aula ensinando logaritmos a adolescentes que também não queriam estar ali. Até se formar, Lígia tentava imaginá-lo tocando bateria sempre que sua aula lhe dava um sono incontrolável.

A comida chega, o bife seco, o molho carregado demais no creme de leite, o arroz grudento, as fritas oleosas. Eles riem após a primeira garfada, sem falar nada sobre a refeição ruim, que decaiu muito ou talvez tenha sempre sido assim, engrandecida pelos truques que a memória prega.

Vem também à tona uma viagem que fizeram sozinhos para a casa de veraneio de um tio dele em Boiçucanga. Durante a primeira noite, alguma coisa caiu sobre a cerca elétrica, possivelmente a folha de uma árvore, fazendo disparar o alarme ensurdecedor, que eles, no entanto, em sono pesado, só ouviram quando começaram os pontapés na porta do quarto, misturados a vozes de homens que se diziam funcionários da empresa que fazia a segurança da casa. Enquanto recobrava os sentidos, o casal ficou receoso de abrir a porta, temendo que fossem ladrões se passando por gente da seguradora. Apenas quando uma voz grave gritou com força o nome de seu tio, Bruno decidiu liberar a entrada. Com a luz ainda doendo nos olhos, foram questionados sobre seus nomes e o que faziam ali. Só quando o mais mal-encarado perguntou aos berros como eles podiam não ter ouvido aquele apito, audível a dois quarteirões dali, entenderam que, além de tudo, eram suspeitos. Foram liberados após o chefe da equipe falar por telefone com o dono da casa, que confirmou a presença do sobrinho, tendo ainda que passar sua descrição física para ver se correspondia ao garoto franzino que tremia num calor de quase trinta graus.

Riem, agora, na mesa do restaurante, como sabiam naquela noite que um dia ainda ririam do susto. Riem lembrando, sem comentar, que foi naquela noite que, juntos, perderam a virgindade. Desenterram fofocas tanto da turma dele, como da sala dela, uma série abaixo, e se lembram da grande briga anunciada. Durante uma aula de educação artística, em que Bruno fazia um trabalho em dupla com seu melhor amigo, os dois começaram a discutir, e os ânimos se exaltaram a ponto de Thiago dizer que pegaria o colega de porrada na saída, com hora e local marcados, que logo depois foram divulgados num boca a boca entre todos os alunos do colegial da escola, ansiosos por assistir ao confronto. No intervalo, persuadido por Lígia a não resolver da pior forma as coisas com um grande amigo, Bruno declarou-se oficialmente fora da luta, o que lhe rendeu a pecha de covarde. Com o tempo, o episódio foi caindo no esquecimento, refazendo-se, sem grandes problemas, sua boa reputação. Agora, servindo-a de uma taça de vinho, ele se desculpa, confessando tê-la culpado na época pela má fama que o caso lhe deu. Ela faz questão de dividir a conta, apesar da insistência dele em pagar o valor total, e acha simpático quando ele deixa uma gorjeta para Sebastião, que deseja um breve regresso aos dois e os observa saírem pela porta, tentando descobrir se os conhece de algum lugar.

Logo que entram no carro, ele a surpreende com um beijo. O beijo não muda, ela pensa, é como uma impressão digital, inconfundível, e a língua suave de Bruno, que se mistura à sua sem solavancos, a faz se sentir jovem. Ela passa a mão no pescoço dele, puxando os fios de cabelo que invadem a nuca, como nunca mais fez com ninguém. Ele a segura pelos ombros enquanto lambe sua orelha, como se a segurasse para não fugir.

Na cama, ele suga seu seio com os dentes levemente encostados em seu mamilo, numa quase mordida. Ela beija com a ponta dos lábios os pelos do peito dele e desce vagarosamente pela barriga até atingir a virilha. Numa lambida, sobe até a glande, que envolve por inteiro com a boca para em seguida descer de uma só vez, repetindo o processo algumas vezes, quando então faz o caminho inverso, subindo com a língua até sua boca. Deita ao lado dele esperando o toque de sua boca em outras regiões, mas Bruno se posta sobre ela já se encaixando para uma penetração de estocadas fortes no início, ralentando-se até um ir e vir vagaroso, que acaba num gozo ralo, sem estremecimentos.

27

Prazer te conhecer, Ronaldo. Gostei muito do seu livro. Entra.

Ela havia acabado de ler na manhã anterior o livro de contos que pegou na casa de Cássio, *Histórias por trás da porta*, com narrativas sobre pessoas perdidas, solitárias, em busca de alguma salvação impossível. Prosa fluida, ela pensou no banho enquanto refletia sobre a leitura, capaz de transmitir apenas com a descrição do espaço e de sua relação com os personagens a angústia vivida por aquelas criaturas estranhas, mas também familiares. Exceto quando muito necessário, Lígia jamais mente por sociabilidade. Tem vontade de falar isso a ele, de ressaltar a sinceridade daquelas palavras introdutórias, mas prefere se calar enquanto ele pede licença e entra.

Bacana seu apartamento!

Embora saiba que possa se tratar de mera troca convencional de gentilezas, não consegue esconder o contentamento pela observação, enquanto leva o guarda-chuva gotejante dele à varanda, colocando-o aberto no chão. Quando escolheu o livro na biblioteca do vizinho, lembrava-se com clareza da conversa dos dois que havia visto no Facebook. Sabia que não se conheciam bem, e isso era fundamental para que ela não caísse em contradição, em eventuais perguntas ou mesmo na simples ficção de sua relação com Cássio.

Me desculpa te convidar pra vir aqui, sei que parece bastante estranho. Mas eu não queria conversar num lugar público sobre o Cássio, inclusive envolvendo alguns temas delicados. Achei que aqui seria melhor. Aceita algo pra beber, um café?

Um café cai bem. Ainda mais com esse friozinho que deu pra fazer hoje.

Ainda bem que você topou o café. Normalmente eu tenho mais opções, mas faz tempo que eu não recebo ninguém, só tenho comido fora, enfim, nem lembro qual foi a última vez que fiz mercado. A única coisa que tenho mesmo é café.

Eu escolheria café de qualquer forma. Belo quadro, ele diz se referindo a uma tela comprada de passagem por Paraty.

Enquanto ela põe a água para ferver, continua conversando através do balcão americano que une a sala à cozinha. Não precisam elevar a voz para se ouvir, mesmo com o som forte da chuva e com algumas trovoadas. Ainda que não tenha nada a fazer até a água borbulhar, ela mantém o olhar voltado ao fogão, de costas para ele.

Acho que seu livro trata de uma forma geral sobre os mesmos temas dos poemas dele.

Ele, que passeava os olhos pelas paredes e móveis da casa, agora se fixa nela. As gotas da chuva que encharcou seus tornozelos e parte da canela começam a escorrer pelo chão, formando pequenas poças. Sua camisa também está úmida e, colada em seu corpo, começa a lhe fazer sentir frio.

Poemas?

Você não conhece os poemas dele?

Nem sabia que ele escrevia.

Ele nunca falou isso pra você?

Acho que pra ninguém. Ele era tão bom ensaísta, que fazia sentido que se bastasse nisso. Mas agora, pensando bem, ele também não falava sobre os ensaios. Eu descobri alguns artigos revirando um material na universidade. Brilhantes, aliás.

Timidez, provavelmente.

Ele, tímido? Até pode ser. Eu não achava, parecia até um cara bastante extrovertido. Aliás, sempre achei curioso que quando ele conhecia alguém, em pouco tempo parecia já íntimo da pessoa, sem forçar a barra. Eu achava meio ingênuo, e até arriscado, ele se abrir assim pra todo mundo. Claro, ele não saía contando o que não devia, mas era como se estivesse sempre disponível. Idealismo demais também pode ser perigoso.

Engraçado, ela arrisca. Nunca achei o Cássio uma pessoa fácil...

Muita gente diz isso. Comigo ele sempre foi muito tranquilo. Apesar dessa disponibilidade, tinha de fato algum lugar dentro dele muito difícil de acessar. Ele era muito aberto na superfície, mas permanecia inviolável no fundo. Talvez por isso nunca tenha mostrado os poemas pra ninguém, por insegurança, excesso de autocrítica...

Os poemas são ótimos! É uma pena ele privar os outros disso. Você se importa se eu fumar?

Imagina.

Depois de servir o café na mesa de centro, com alguns biscoitos recheados de goiabada cuja validade conferiu pouco antes, ela abre a porta de vidro que separa a sala da varanda. Entra um vento fresco e úmido por causa da chuva que vai morrendo junto com a tarde, trazendo um cheiro longínquo de terra molhada. Ela pega o isqueiro e o leva até o cigarro. Para antes de acender para responder à pergunta que ele lhe faz.

Posso acender um beque?

Claro. Vai ser bom, faz anos que não fumo um.

Ele tira do bolso um baseado já enrolado e, em

silêncio, o acende. Ela larga o cigarro intocado sobre a mesa e o observa fumando, duas tragadas longas antes de passar para ela, ainda segurando a fumaça. Os cheiros fortes de café, terra e maconha se misturam no ar. Depois de puxar pela primeira vez, ela observa a erva queimando lentamente junto ao papel.

Eu fico um pouco melancólico em dias de chuva.

Eu também.

A gente não era muito próximo, mas eu sinto falta dele, das sacadas geniais, do humor cáustico. Conheci ele fazendo rapel numa cachoeira. A gente conversou e viu que era da mesma área, que tinha vários gostos em comum, descobrimos amigos e conhecidos mútuos, lugares que os dois frequentavam. Mas quase todas as vezes que nos vimos, que foram poucas, foi fazendo esportes radicais. A gente começou a marcar de ir junto. Fizemos asa delta, paraquedas, rafting. Sempre achei que o barato de fazer esses esportes era desafiar a morte, mas invariavelmente fugindo dela. Nunca imaginei que algum praticante um dia iria ao encontro dela, assim, por vontade própria. Confesso que não vejo muito sentido. É claro que é uma besteira minha. A vida em si não tem sentido nenhum, ao menos pra quem não acredita em qualquer metafísica, como eu. A morte, muito menos. Acho que o beque começou a bater.

28

Durante a semana, mensagens de celular trocadas entre ela e Bruno vão tecendo um relicário virtual dos tempos de colégio. Memórias antigas começam a surgir para ambos em momentos de distração, exatamente como as ideias inesperadas que vêm quando se amarra um tênis ou se espera o farol abrir para atravessar a rua. Tudo que nunca teve importância passa a despertar certo encantamento. Fatos que antes não mereciam sequer um instante de reflexão vão ganhando extensos parágrafos nas telas dos aparelhos, floreados por alguns rompantes narrativos que chegam a conferir tom quase épico a um diálogo trivial com o bedel ou a um estojo perdido e depois reencontrado na prateleira gradeada sob o tampo da carteira escolar. Muitas vezes, resgatam do esquecimento sequências inteiras de ações, com detalhes que vão se somando conforme trazidos à tona, por um e por outro, fazendo com que as histórias acabem por ter crédito duplo, sem que depois saibam dizer quem lembrou tal ou qual parte. Sobre o futuro, apenas uma menção vaga a saírem juntos quando chegar o fim de semana. No sábado, é ele quem liga.

Vamos pra balada?

Que tipo de balada? Por favor, não me diz que é de *puts-puts*, eu detesto música eletrônica.

É um DJ incrível que vai tocar, ele faz mistura de música eletrônica com MPB, nada a ver com *puts-puts*.

Não sei, Bruno, eu não gosto muito de balada, não vou há séculos, e ainda mais com essa música...

Você vai gostar, eu prometo. O lugar é lindo. Uns amigos meus também vão, você pode levar suas amigas, a gente tem uns VIPs sobrando. Explica pra elas que não é esse tipo de balada que você tá pensando.

Bianca, depois de muita relutância, acaba convencida por Lígia a acompanhá-los. Na porta, os três esperam por Batata e Matheus, amigos de Bruno que chegam pouco depois esvaziando latas de cerveja. Todos se apresentam e conversam fumando antes de entrar. Matheus conta que trocou de carro e foi pegar Batata em casa para mostrar a nova aquisição, um prata zero quilômetro de um modelo do qual elas nunca ouviram falar. Bianca pensa em perguntar de qual montadora é, mas desiste assim que entende que mostrar interesse prolongaria o assunto. Eles falam sobre outros carros, discutem valores, potência, cilindragem, cavalos, adicionais de fábrica e velocidade máxima que cada veículo atinge.

Quando acabam de fumar, Lígia já se direciona para a porta, induzindo os outros a segui-la. Assim que entram, a primeira coisa que ela pensa é que o lugar é realmente bonito. Adaptado de uma casa antiga, cada cômodo tem decoração temática feita por um arquiteto ou decorador, cujos nomes ela reconhece assim que lê em pequenas placas informativas, quase ilegíveis à luz indireta, ao lado da entrada de cada ambiente. No fundo, um jardim grande, ao redor de uma piscina redonda que hoje tem função meramente ornamental, pontilhado por palmeiras imperiais envoltas numa iluminação branca, de LED. O muro só é plenamente visível numa faixa de cerca de cinco metros, onde é tangenciado pelo arco da piscina e por isso precedido de uma área livre de qualquer planta. Ali está instalado um telão onde são projetadas performances visuais criadas ao vivo por um videoartista instalado num pequeno bangalô à direita, que outrora deve ter abrigado uma churrasqueira. Ele alterna o olhar entre o muro, seu computador e o DJ, que, ao seu lado, não olha para lugar nenhum, nem mesmo para a pick-up que comanda, tocando de olhos fechados num constante devaneio. A música tem batida fixa e som de sintetizador repetindo exaustivamente uma melodia que se sobrepõe à voz de Caetano Veloso, sendo necessário prestar bastante atenção para perceber que a canção original é "Leãozinho". No verso que diz "caminhando sob o sol", a última palavra entra em looping por quase um minuto, "sol sol sol sol", e as caixas de som, tremendo no volume máximo, parecem estouradas ou prestes a explodir. A pista principal é ali, sobre o gramado, mas ninguém assiste ao telão e, exceto os que analisam da cabeça aos pés cada pessoa que passa, os outros dançam com olhos cerrados ou com o olhar vazio, ensimesmado. A faixa seguinte do repertório, contrariando a descrição dada por Bruno, é uma mistura de "Smells like teen spirit", do Nirvana, com a mesma batida indistinta e uma melodia sintetizada que difere da primeira por uma ou duas notas.

Esse DJ não é incrível?, ele grita em sua orelha. Ela dá um sorriso amarelo e guarda para si a ideia de dizer que a balada é exatamente o que ela pensava antes de ele persuadi-la.

Ela e Bianca, que conversa com Batata aos berros para se fazer ouvir, parecem as únicas da festa a não seguir o código de vestimenta dali, que inclui maquiagens carregadas, blush excessivo, unhas esmaltadas com cores fortes, salto alto – que as duas evitaram assim que souberam que boa parte da festa acontecia no jardim –, bolsas com etiquetas de grife e cabelos com luzes, quando não loiros, e alisados. Apenas uma japonesa de vestido vermelho não usou qualquer artifício nos fios negros que descem retilineamente até a cintura. Lígia tenta se concentrar no LED que cobre as palmeiras para não ficar tonta com as outras luzes, que piscam intermitentemente. Os três rapazes dançam com o corpo quase todo parado, exceto pelos pés, que batem no chão marcando o pulso, e pela cabeça, balançada numa frequência quase hipnótica, quando elas avisam que vão a uma sala no andar de cima em que não há caixas de som, fazendo as vezes de lounge.

Vamos embora daqui a pouco?, propõe Bianca assim que elas sentam no sofá daquele que certamente foi o quarto principal, com a janela para a frente da casa.

Calma, não faz nem meia hora que a gente chegou, vamos ver quando o Bruno quer ir.

Eu prefiro pegar um táxi antes. Além de tudo, o tal do Batata tá pesando na minha. Que merda não poder fumar no gramado!

A gente pode esperar só mais um tempinho pra ver o que rola?

Enquanto isso, vamos pegar uma bebida pelo menos? Aquele vinho que a gente tomou no jantar já foi embora e tá difícil aguentar isto aqui a seco.

Vamos, mas espera só uns minutinhos, eu ainda tô meio zonza daqueles estroboscópios, que na verdade nem são estroboscópios, mas a esta altura eu quero que se foda o nome certo daquilo. Engraçado, antigamente a gente ia numas festas tão legais. Ele conhecia uns lugares...

As coisas mudam, diz Bianca interrompendo-a. Desculpa, mas alguém precisa te dizer, e eu só digo porque te amo, mas você tá presa ao passado, mais uma vez. Você acha que tá saindo com um cara que não existe mais. Olha pro presente. O cara de verdade tá lá embaixo falando alguma coisa bem babaca pros amigos babacas dele, em meio a um monte de desconhecidos babacas, cada um na sua ego trip.

Lígia se cala, encarando a amiga. Logo Bruno sobe com dois drinks, um gim tônica e um dry martini, que estende para ela. Embora não goste de martini, agradece e aceita por educação, tomando em goles lentos e esparsos. Apesar da gentileza do gesto, estranha que ele não tenha perguntado que bebida ela queria ou ao menos resgatado da memória algo que ela tomasse na adolescência. É verdade que na época praticamente só bebiam cerveja, que era o que o dinheiro permitia, mas que fosse uma cerveja então. Continua bebericando a contragosto o que recebeu, mesmo depois de experimentar o gim dele e ter vontade de trocar as bebidas. Bianca puxa assunto com Bruno, quebrando o silêncio que perdura desconfortavelmente.

Qual sua área dentro do direito?

Criminal, ele responde.

Que tipo de caso você defende?, pergunta Lígia, francamente interessada.

O que vier pela frente. É um escritório grande, a gente recebe de tudo. Os clientes têm muita grana e querem sempre resolver rápido, pagando o que e quem for necessário. Mas não é assim que a coisa funciona, é complicado, e eles não entendem que a gente não tem de bate-pronto o mapa da mina. É mais difícil lidar com os clientes do que com os casos em si. Então, se o cliente entende e respeita o nosso trabalho, pra mim já tá de bom tamanho, independente do caso. Claro que é foda quando a gente não atinge a meta e a sentença é ruim, mas faz parte do jogo. E você?

Eu sou bióloga.

Que bacana! Eu vou descer pra dançar um pouco com eles, vocês não vêm?

Logo mais, responde Lígia.

Quando Bruno desce as escadas, ela se recosta no sofá e alonga os braços. Bianca faz o mesmo. Estão sem ânimo até para conversar entre si, o que é raro, e, ao terminar de checar notificações e mensagens no celular, descem em direção ao bar. Ainda nos últimos degraus da escada, veem Batata tocando os cabelos de uma garota que passa reto por eles, ignorando seu gesto e suas palavras, indiscerníveis à distância. Ele se vira para os amigos, que até então observavam a cena, e comenta algo que os faz rir.

Bruno, eu e a Bianca vamos pegar um táxi. Amanhã te ligo pra gente conversar, tá?, ela diz se despedindo com um selinho e saindo sem cumprimentar os outros dois.

Lígia?, ele diz sem entender bem o que acontece, enquanto elas se afastam.

Como a gente pode ter se tornado tão diferente um do outro?, ela diz já na rua para a amiga. Que erro esse reencontro, que erro!

29

Assim que se senta e se ajeita sobre a almofada, o gato siamês pula ao seu lado no sofá e permanece em pé, encarando-a como em busca de algum carinho. Solta um miado baixinho, balança a cabeça uma vez e volta para a posição original. Ela fita o felino, sem saber o que fazer.

Você não gosta de gatos, né?, pergunta-lhe dona Rosa.

Na verdade, eu sou alérgica, mas acho que não tem problema assim, sem encostar.

Gilson, vem cá. Psit! Vem cá agora!

A rispidez tem efeito imediato sobre o animal, que salta dali e vai direto para o pátio central, mas o vento que prenuncia o começo do outono o repele, levando-o a se aninhar no tapete mais felpudo da casa, em frente à lareira. Lígia dá seu primeiro gole no suco natural de goiaba que a velha lhe deu. O amargor não se deve à falta de açúcar, mas à fruta, que passou do ponto e, intui ela, deve ter sido colhida na goiabeira que faz sombra à sala de jantar, ao lado da porta de entrada. Disfarça a cara de desgosto e pensa no que fazer com o resto da bebida, sem que fique evidente sua tentativa de evitá-la.

Eu vim devolver as chaves. Cuidei de tudo e reguei as plantinhas com carinho, mas agora vou passar um tempo fora e não vou conseguir mais olhar o apartamento.

Pode ficar, eu tenho cópias, ela responde com um gesto evasivo. Se você voltar e quiser dar uma passada lá, fique à vontade. Aqui também, você será sempre bem-vinda. E pode fazer mais visitas inesperadas, mesmo que só pra uma partidinha de buraco. Não se acanhe, gosto muito quando você vem. Espero que volte logo.

Eu realmente não sei.

Sabe, acho que você está melhor, com uma energia leve, alegre. Eu também melhorei. Voltei a frequentar o boliche e a ir ao cinema. O Ricardo e a Sandra insistiram e eles estavam certos, eu precisava me mexer. Até acabei engordando, mas não vou reclamar. Você também parece ter engordado um pouco. Não entenda mal, você não está nada gorda, esses quilos a mais, coisa de dois ou três no máximo, te fizeram muito bem, você estava magra demais. Vê-se de longe que você também está se mexendo, tocando a vida, logo vai estar amando de novo.

Como assim? Acho que a senhora está fazendo juízo errado...

Desculpe, não é da minha conta, a velha interrompe. Vem comigo, eu quero te dar uma coisa.

Ela se levanta e espera que Lígia faça o mesmo para prosseguir. Contorna a lareira para subir os três degraus que dão acesso à sala de jantar, tangencia o pátio interno e vira à direita, entrando num corredor com piso de tábuas de madeira que rangem se pisadas com força. Passa por um banheiro e por um quarto que parece ser para hóspedes, com cama, armário e criados-mudos, mas despido de qualquer ornamento, e vira no próximo quarto à esquerda, repleto de arquivos de metal e caixas de papelão, inclusive sobre o estrado da cama antiga, sem colchão. Acima da janela, duas prateleiras com pacotes fechados de papel sulfite e, no canto, uma escrivaninha sem cadeira nem objetos sobre si, oposta ao armário embutido.

Aqui era o quarto do Cássio. O do Ricardo é aquele, que ficou pras visitas, e o da Sandra é virando ali, onde ficam os brinquedos dos meus netos, filhos dela, como um quarto de bagunça pra quando eles vêm aqui. Eu, por mim, não mexia, mas o Reginaldo fazia questão, não via sentido em perder um espaço por nada. Da primeira vez, quando a Sandra casou, ele me perguntou por que eu queria conservar daquele jeito.

Se você tem alguma esperança de que ela volte, é melhor não se iludir, disse ele, com razão. Por isso não me opus. Mas era sempre difícil ver tudo sendo desmontado, como uma segunda partida de cada filho. No fim foi bom, porque seria muito dolorido hoje arrumar o quarto de um filho morto. Por isso ainda nem toquei no apartamento dele.

Ela abre a gaveta de um dos arquivos de metal. Depois de uma rápida revirada em alguns papéis, fecha-a e abre a de baixo, de onde tira uma fotografia e uma folha, com linhas escritas a caneta, que estende a Lígia.

Era isso que eu queria te dar.

Ela vê primeiro a imagem de Cássio, em frente a um bolo enfeitado com confeitos e velas. Ele é adolescente, imberbe e com uma espinha no canto da testa.

Era meu aniversário, e o Reginaldo tinha feito um bolo especial, de chocolate com recheio de ameixa, uma versão melhorada de um que ele fazia sempre que a gente pedia, e tinha que pedir mesmo, porque dava um trabalhão e ele tinha lá certa preguiça. O Cássio viu o pai fazer o bolo e estava louco pra atacar, por isso fez questão de cantar parabéns ao meu lado e soprar as velinhas.

Por isso ele tá olhando desse jeito pra câmera, como quem vai aprontar?

Fui eu que tirei a foto. E ele sabia que eu sabia por que ele estava ali. Um acordo tácito entre nós. Dei o primeiro pedaço pro pai dele, porque, afinal de contas, foi ele quem fez o bolo, mas foi sob protesto do Cássio, que ganhou o segundo e depois outros dois, até que eu falei pra ele parar de comer tanto, que depois ia passar mal. É a foto mais bonita dele. Essa eu não deixei ele levar, quando foi morar sozinho. E esse daqui é um poema dele. Ele me deu de presente nesse meu aniversário da foto. Alguns anos depois, eu mostrei e ele não se lembrava de ter escrito, mas achou muito ruim e queria tomar de mim. Eu não deixei, porque presente é presente. Não sei por que ele nunca mais escreveu poesia. Não entendo muito, mas acho esse muito bonito. Falei algumas vezes que ele devia insistir nisso, sem efeito. Ele sempre escreveu muito bem.

Desculpa, eu não posso aceitar, ela diz depois de ler.

Por favor, Lígia, eu estou te dando por vontade própria. Hoje esse tipo de coisa tem outro significado pra mim. Além disso, eu tenho uma cópia. Esse é o original.

Não é nem pela senhora, é por mim mesma, entende?

Acho que entendo, responde ela um pouco desapontada, devolvendo o retrato e o papel ao arquivo.

Inclusive, também prefiro não ficar com as chaves, ela diz estendendo o molho à velha, que o coloca em cima da escrivaninha. Me diz uma coisa, dona Rosa, ele não deixou mesmo nenhuma carta, nada?

Não, mas também, nem precisava. Tudo que ele tinha pra dizer, ele disse em vida. E o que ele não queria dizer, a gente percebia mesmo no silêncio.

É que é difícil de aceitar...

Pode parecer estranho, mas o suicídio dele trouxe uma espécie de consolo também. Fazia sentido, entende? Eu era, fui até recentemente, professora de matemática. Sabe aqueles problemas escabrosos que você fica pensando por séculos e de repente descobre que só faltava ligar uma parte do raciocínio à outra? Nesse momento, você descobre a chavinha que te faz entender tudo aquilo. A morte do Cássio foi assim. Só então pude entendê-lo de verdade. Meu marido já entendia antes, eu acho. Aquilo ia acontecer. Era inevitável. Logo depois, a gente se faz um monte de perguntas, especulações sobre o que deveria ou poderia ter feito. Sabe, "se naquela manhã eu tivesse chamado ele pra almoçar...". Mas uma hora eu percebi que não, que nada que eu ou qualquer outra pessoa fizesse mudaria o que aconteceu. Talvez ele demorasse um dia ou dois a mais, talvez um mês. Um ano, mais de um ano, até é possível. Mas ia acontecer. É como uma pessoa que está com alguma doença terminal: ela vai morrer, em algum momento. Talvez até dê pra juntar um dinheiro e mandar pra um tratamento fora do país, com algum médico famoso. Eu entendo quem faça isso, querendo prolongar a vida da pessoa que ama, mas isso, Lígia, prolonga apenas a dor. Quem opta pelo contrário sente um alívio estranho quando a outra pessoa para de sofrer. A dor de perder um filho é tão dilacerante, que esse alívio acaba até reconfortando um bocado. O que fica é a saudade, só isso, uma imensa saudade.

30

Existe uma frase famosa que diz que de dentro do círculo não se consegue vê-lo todo de uma só vez. É preciso distância pra enxergar com clareza, e por isso dá pra afirmar que todo mundo é um pouco hipermetrope nesse sentido. Eu já fui hipermetrope em todas as acepções, seis graus e meio num olho e sete no outro. Dá um certo desespero porque, ao tentar alguma aproximação, a vista falha. A menos de um metro, eu via tudo borrado, sem contornos, apenas uma mistura indistinta de cores. Uma vez me disseram que deve ser bonito, como num quadro do Pollock, mas não é, porque os borrões dançam diante das pupilas, sem imagem fixa, sem referências e, principalmente, sem possibilidade de escolha. Pra quem possui um grau tão grande de hipermetropia, não é possível ter o tato de algo junto com a visão. Nem o olfato ou a audição inteiramente. Os melhores cheiros, os sutis, delicados, só podem ser sentidos de perto. Alguns dos sons mais agradáveis também, como os sussurros. O paladar, por sua vez, já é ontologicamente incompatível com o olhar. Claro, é possível se ver no espelho comendo com a boca aberta, mas isso, além de desagradável, não tem nada a ver com a experiência sinestésica de que estou falando. O que digo é que quando eu chegava perto de algo a visão se esvaía. Provavelmente o mais importante dos sentidos. E dá um medo danado não enxergar aquilo que se está tocando, mesmo que se saiba o que é, mesmo que se tenha certeza de que é inofensivo. Ainda mais pra quem é uma pessoa muito visual, como eu. Contemplo as coisas com muita atenção porque elas refletem as pessoas. E observo as pessoas com ainda mais cuidado, porque, às vezes, um pequeno gesto, quase imperceptível, pode contradizer a fala. Mentiras de todo tipo e principalmente omissões são pegas no pulo desse jeito. Quantas coisas uma frase quer dizer e não diz? Quanto subtexto tem cada palavra que sai de nossa boca? Está tudo ali, no corpo, na ação. Basta ver um bom ator em cena pra entender. Sempre tive extrema dificuldade de tocar as pessoas, embora necessitasse profundamente disso. Talvez, se usasse óculos, não tivesse esse problema, embora seja um acessório bastante desconfortável em vários momentos. Na verdade, eu tinha óculos, mas pra corrigir miopia, porque o oftalmologista picareta ao qual meus pais me levaram errou feio e me diagnosticou como míope. Saí da ótica enxergando pior do que quando entrei. Meu pai não acreditou quando eu disse isso e queria me levar de volta lá, porque achava que o grau estava mais baixo do que deveria. Fiquei morrendo de medo de ganhar lentes ainda piores e comecei a fingir que estava vendo bem. Depois, passei a simular que tinha boa visão mesmo sem os óculos. Meus pais acreditaram e eu aposentei os fundos de garrafa. Passaram-se anos assim, até que, na adolescência, fui sozinha a outro oftalmologista e descobri a burrada astronômica que o primeiro tinha feito. Naquela idade, já era possível optar pela cirurgia, desde que com a anuência dos pais. Eles me obrigaram a fazer um teste, usando óculos por seis meses. Só depois disso operei, e o problema foi definitivamente corrigido. Mas até então passei toda uma vida sem enxergar de perto. Minha mãe outro dia me acusou de sempre ter reclamado da distância das pessoas, sendo que eu mesma é que nunca me deixei ser tocada. Ela estava certa. Pensei que depois da operação tivesse mudado, mas pelo visto não. Já tinha aprendido a me manter um pouco distante sempre que possível. Acredito que, se me olhassem com atenção, veriam que eu sempre quis me aproximar, mas não sabia como. Uma vez um professor da faculdade me disse isso, que eu precisava aprender o encontro, senão nunca entenderia as distâncias, nem as da vida, nem as da arquitetura, e frustraria meu desejo transbordante, segundo ele, de encostar, atravessar e transcender. Entre todas as coisas que já me disseram, essa foi talvez a que mais me emocionou. Na época, eu não entendi bem, ou não quis entender, mas aquilo me tocou. Sem tato, ele me tocou. E mesmo assim, acho que não aprendi o encontro. Há muitas outras coisas que não conseguimos enxergar de perto. Essas são do tipo difícil de se ver de qualquer lugar. Mas às vezes a pessoa certa, no ângulo certo, observa algo sobre nós mesmos que não havíamos percebido ainda. Não se trata de saber o que é melhor pra nós, de dar uma de livro de autoajuda ou de conselho apaziguador de tia-avó. Se trata de ver algo, de notar, de diagnosticar. A receita e a posologia ficam por nossa conta. Nesse caso eu era a pessoa certa olhando no ângulo certo pra minha própria situação. O Cássio era o distanciamento. Eu começava a me ver através dele. Mas precisei também de distanciamento temporal do suicídio pra poder vislumbrar tudo com mais clareza. Na primeira noite que entrei no apartamento dele, olhei de outra forma pro retrato da mesa de centro. Eu pensei que o garoto sorridente da imagem jamais poderia ter sido o mesmo que pulou da varanda. Só muito tempo depois percebi que era isso que muitos pensavam de mim. Era com esse raciocínio que algumas pessoas se espantavam e diziam aos meus pais: Não, não pode ser, a Lígia? Quantas coisas se passaram na vida dele entre o xis dito pra câmera e seu último dia? Quantas outras coisas já se passavam naquela época, mas não foram enquadradas pela lente do fotógrafo? E mesmo ali, em quadro, quantas outras coisas se passaram pela cabeça dele sem abalar ao menos momentaneamente seu sorriso? Essas perguntas não me ocorreram na primeira vez que pus os olhos naquela foto. Nem na segunda ou na terceira. Eu tinha me abalado muito quando soube das circunstâncias da morte dele e ainda estava perto demais pra ver.

O AUTOR

KIKO RIESER nasceu em São Paulo, em 1987. Formado em Artes Cênicas pela ECA/USP, é dramaturgo, diretor e produtor de teatro, tendo realizado diversos espetáculos teatrais. Em cinema, escreveu e dirigiu o curta-metragem *Deixe a porta aberta ao sair*. É também autor de *Lapsos* (poemas, Editora Patuá, 2017). *Átimo* é seu primeiro romance. Seus dois livros foram premiados na categoria Criação Literária do Programa de Ação Cultural da Secretaria de Estado da Cultura, nas subcategorias poesia e prosa.

AGRADECIMENTOS

Companhia das Letras, Ciça Lessa, Eduardo Lacerda, Fabrício Corsaletti, Marcelino Freire, Pedro Schwarcz, Patrícia Gasppar, Priscila Gontijo, Ricardo Lísias, Santiago Nazarian, Veronica Stigger.

Direção Editorial: **Silvio Testa**

Coordenação Editorial: **Adilson Miguel**
Revisão: **Bia Mendes**
Capa e Projeto Gráfico: **Estúdio Dito e Feito**

Fotos de capa: **Alexey_M/iStockphoto (ela); supershabashnyi/iStockphoto (ele)**

1ª Edição: 2018

Dados Internacionais de Catalogação na Publicação (CIP)
(Laura Emilia da Silva Siqueira CRB 8/8127)

Rieser, Kiko.
Átimo / Kiko Rieser. — 1ª ed. — São Paulo: Editora Instante: 2018.

ISBN 978-85-52994-00-8

1. Literatura brasileira 2. Literatura brasileira: romance
I. Rieser, Kiko.

CDU 821.134.3(81) CDD B869.3

Índices para catálogo sistemático:
1. Literatura brasileira
2. Literatura brasileira : romance
B869.3

Grafia conforme o Acordo Ortográfico da Língua Portuguesa de 1990.

www.editorainstante.com.br
facebook.com/editorainstante
instagram.com/editorainstante

Átimo é uma publicação da Editora Instante.

Este livro foi composto com as fontes Arnhem, Network Font e Prelo, impresso em papel Polen Soft 80 g/m² na gráfica Cromosete.